Robert Walser

Poetenleben

ローベルト・ヴァルザー

詩人の生

新本史斉 訳

鳥影社

目次

詩人の生

The translation of this work was supported
by the Carl Holenstein Grant 2020 from the Translation House Looren
[loːrən]

徒歩旅行

　あれは数年前のこと、と記憶がよみがえる、季節は夏、はじめて長めの徒歩旅行に出かけたわたしは、思い起こしてみるに、さまざまに珍しいもの、美しいものを目にしたのだった。旅装はといえば、身にまとった淡色の安服、頭にのせた濃青のつば広帽、手に携えた荷物一式がすべて。貯めたお金はぴかぴかの小切手にしてベストのポケットに縫いこみ、清々しい明るい広い世界へ持ち出した。路上ですれちがった陽気な若者たちの一人は、背後からこんな嘲りを浴びせてきた、「あのひょろ長いのは、あんなちっぽけなリュックでどこへ行くつもりだ？」

　男が小馬鹿にしたのは、さえない、しがないわが旅鞄で、それは背負い手、持ち手自身にも、少々お笑い草の代物だった。とはいえわたしは、さして意味もない嘲りなど気に病むことなく元気潑剌と歩を進め、そうやって歩いていると、丸い世界全体がともに軽やかに進んでいくかに思われた。まるですべてが、草原が、野原が、森が、畑が、山が、街道そのものまでもが、徒歩旅行者とともに歩んでいくようだった。

　わたしは天に昇るほどに解き放たれた、晴れやかな心地だった。元気よくずんずん歩を進め、のびやかにすみやかにあれやこれやの人たちをかすめ過ぎてゆくと、人びとは年若い朗らかな旅人、流れゆくさすらい人に、折々にこやかに挨拶をよこし、そうなるとこちらも愛想よくしないではいられなかった。なべて好意というものは先方の好意を招き寄せるのではないだろうか。

　しっとり、しっぽり、ひんやりしたものが思い出される——あれはおそらくは早朝で、なにやら湿り気を帯びたものが肌に触れてきたのだった。ほどなくして続いた、ぎらぎら、しらじら、あおあおしたものが思い出される——あれはちょうど真昼のことで、通りには埃が舞い、緑萌える草原には明るく乾いた眩い陽光があふれていた。

　しばらくの間、わたしは川沿いを進み、それから道は山中へ向かった。高い尾根に城跡をいだいた山々が迫ってきた。町、城、山、谷、寒村、と変化に富むもの単調なものが目にも楽しく移り変わった。狭く暗く荒んだ寒々しい峡谷へ道は下っていった。岩山の静寂、狭隘は不意にまた開け、平らな土地が続き、青く澄んだ流れがほの光りほほ笑み、厳かな清らかな緑の森が輝かしく雄々しく広がり、またもや忽然と堅固な山がそびえたった。奇妙奇怪なものと懐かしく美しいものが競うように立ち替り、お昼どきの明るみは夕まぐれのひそやかで心地よい、なんとも好もしい薄やみへ移ろい、暑熱は甘美な涼気へ席をゆずった。

投宿すべき頃合になると、わたしはそこここの古びた宿所に泊まり、ある時などはその厳粛、荘重、深遠なる広がりをもってすれば、あらたまった会議の間《ま》としても十分に通用、使用できそうな居室に泊まった。

ある朝は、覚えているところでは、うららかな山腹に生えた樫の木の下に立ち、なんとも美しく暖かな陽光を浴び、夏の朝の日に包まれ煌めく、山の中の、森の中の麗しい小都市を見おろした。ああ、徒歩旅行とはなんと健やか和やかな歓びだろう。人を害することのない歓びこそ、真の歓びなのだ。

嵐に見舞われた荒れ果てた一帯は穏やかな長閑かな一帯に、打ち捨てられ傷み荒んだ哀れな家屋は手入れのゆきとどいた立派な豪壮な家屋に移りゆき、渡りゆくさすらい人にして陽気で愉快な放浪者は、許されるがままののんきな気分で、眼前に立ち現れるもろもろの事象をくまなく眺めては、あますところなく楽しんだ。

あるときは朝まだきの明るみのなか朗らかな曙光を浴びつつ、あるときは夕まぐれの亡霊じみた暗がりのなか薄明に包まれつつ、わたしはどこかしらの見慣れぬ馴染みのない丘に立ち、眼下に広がる朝を、また夕べを迎えた一帯を見おろした。
一、二時間ほどわたしは、ひどく物寂しい、風変わりな、人里離れた谷道を行きながら、とうに過ぎ去った時代がこの世界に入りこんできたのだ、自分は中世の遍歴職人なのだと、歩みつつ想像をたくましくした。大気は熱を帯び、あたりには人の住む小邑一つとてなく、人びとが仕事に勤しむ気配も感じられず、教養やら努力やらの痕跡も見あたらなかった。自然の寂寥には人を驚嘆させ戦慄させる魔力が潜んでいる。
徒歩旅行が終わろうとする頃にはひっきりなしに降りつづき、望んでいようが望んでいまいが、浮き浮きしていようが沈んでいようが、満ち足りていようが満ち足りていまいが、ともかくもわたしはびっしょりぐっしょりになって、目的の地にたどり着いたのだった。

街道での小さな体験

また別の折り、別の機会には、わたしはかつて冬の季節、当時ある小さな田舎町に滞在しダンスホールの壁画を描く仕事をしていた兄のもとへ、むろんほかでもない徒歩で旅したことがあった。寒い時節にもかかわらず、羽織っていたのはひどく薄手の軽やかな背広だけだった。厚くて重い服地をみじめにずるずる引きずって回るなど、甲斐のない厄介、必要のない害悪と感じていたのである。シャツと帽子には、ことによるとわずかに、かすかに疑念を抱かせるようなところがあったかもしれない。いずれについても軽やかな、軽はずみな、安っぽいところはあっただろう、そして世に見せていた表情に関して言うならば、喜んで白状するけれど、わたしはいまだかつて徒歩旅行では陽気で呑気な顔以外、人目にさらしたことはない。

道はさして清らかではなかった。この状況もしくは悪状はしかしながら、わたしがそれを言祝ぐのを、つまりはこの街道とそこを機嫌良く歩いていく歩行者――つまりはわたし自身――を幸福と考えるのを妨げるようなことはなかった。

ところが、ある村で出会った洞察力、注意力ともに兼ね備えた巡査は、遺憾ながらわたしのことが気に入らなかった、とはつまり不幸なことに、すなわち残念なことに、わたしが彼に与えた印象はわたし自身に与えた印象ほどに素晴らしいものではなかったのである。遍歴職人らしき人物の不意なる出現は、どうやら彼を啞然とさせたようで、巡査はわたしを呼び止め、署への同行を願わないではいられなくなった、というかそうすべくつき動かされたのである。わたしはお役所の見事なる一室もしくは一部屋へ連れて行かれて、そこで彼の上役の、見たところ善意より怒気に満ちた、とはいえどうやら剣吞というより穏健、恐ろしげというより人良さげな彼の上役に、優雅なるのらくら者とおぼしき人物として紹介されるはこびとなったのである。

わたしは暗い声で席につくように求められ、それから、どうして衆人環視の中、徒歩でうろつき回ったりする必要があるのか、と尋問が始まった。

「どうやらわたくしはあなたの目には好意的に映っていないようですね」とわたしは言った。すると相手はわたしにこう言い返すだけの胆力の持ち主だった、「まったくもって、映っておりませんな。」

「しかしながらあなたは、これは大いにありそうなことなのですが、間違っておられます」、わたしは大胆にも投げ返した、「もしあなたがわたくしのことで、よくいるような無宿者とかかずりあいになっていると考えておられるのだとすれば。あえてご忠告いたしますが、いま少しばかり精確にわたくしをごらんいただけないでしょうか。そうすればことによると、わたくしが――何の苦もなくとは言わないまでも――さして苦もなく清廉、誠実な人間でありつつも、大胆なるならず者でもありうるという、わたくしたち両人にとってきわめて好ましいはずの感情に至るようなこともあるやもしれません。確信を持って申せますが、わたくしはあなたがそうみなさねばならぬと感じている類の人間では、まったくもって、ないのです。どこかの誰かとまったく同じように、わたしは鉄道で旅することだってできたでしょう。しかしながらわたしは何日もかけて何マイルにもわたってぶらつき回るのが、歩いてゆくのが大好きで、それで徒歩で行くことを選んだわけで、それはおそらく罪とみなされるべきことでも安易に嫌疑をかけられるべきことでもないのです。徒歩旅行の歓びが、それと素晴らしく結びついている自然への愛情が、まさか疑わしいとでもおっしゃるのでしょうか？　どうかご説明いただけませんでしょうか。」

「そのまさか疑わしいご様子に、あなたは十分に見えますな」、相手は厚かましくもこう返してきた。しかしながら、さまざまな文書、書類をせっせと調べあげ、あれこれ熱心に情報を入手する作業が半時間ほど続いた後、わたしは次のような言葉で退出を許可されたのだった、「お帰りになって結構です。」

これはまさに歓迎すべき、望ましい、紳士的な通告だった。わたしはこの寛大なる許可を躊躇なく受け入れ、歩を先へ進め、そうすることで大胆で困難な、それゆえにこそまた、愛らしく美しく好ましく朗らかな徒歩旅行を続けることがさらには終えることができ、十分に早いうちに田舎町に着くと、すべては最上のはこびとなり、実際、兄弟はほどよい頃合に上機嫌で夕餉をともにすることができたのだった。

ある画家からある詩人への手紙

聞いておくれ、親愛なる詩人よ、わたしは先だっての日曜、ある人の住まいを訪ねたのだが、その人の頭にはなんと不在にするという、不幸なる許されざる思いつきが浮かんだというわけなのだ。わたしは一時間ほどおまえの部屋に腰を下ろし、数頁ほど机上の本を読み、部屋の主ならぬ、主なき壁とおしゃべりをした。うっとりするような歓談だった。帰ってくるやもしれぬおまえを無駄に待ち続けたあげく、わたしは百もの、いやそれ以上もの挨拶を残し、部屋を後にした。わたしたち二人には間違いなく、話し、語り、伝えるべきことが言い尽くせぬほどあったのに会えなかったことを、限りなく残念に思いながら。わたしはおまえといっしょに梨盗りに行けると、一人では面白くもなんともないのに二人でやると実に愉快なあの所業ができると、なんとぬか喜びしてしまっていたことだろう。

おまえはいったいどこに隠れているのだ？　わたしは先週敢行した大胆極まりないアルプス徒歩旅行のことを微に入り細に入り語り聞かせてやろうと思っていたのだよ、その旅行ではちょうどスワロフが体験したような、聞いたこともない高みにある峠をいくつも越えて行ったのだけれど、周囲を雪原、氷原に囲まれ、飢えと疲れのあまり死んでしまいそうになったその時に、わたしは彼のことを思い出したのだ。行儀よくおとなしく家に座っていたなら、おまえはそれやこれやの話を口頭で聞いたところだが、いまやおまえは書面で我慢しなくちゃいけない、これは知っての通り、時として少々内容希薄なものになってしまうのだがね。調子はどうなんだい？　何編か新しい詩を書いたのなら、それならわかっているだろう、その中身を読んで元気になれるよう、送ってくれと頼む人間が誰なのかは。

最上の友よ、目下のところわたしは古めかしくも感じのよい小都市に逗留、居住していて、そこは古《いにしえ》の市壁や塔がほぼ当時のままに保存されているところで、健やかで活力ある想像力にこそ思い描けよう美と雅を極めた地方のうちにある。まわりの土地は、それは美しく緑豊かで、招き寄せるように心地よいところで、その温和な心地よさときたらもう魔法にかけられたようで、王女さまをお迎えするにふさわしい場所と言っていいくらいなのだ。誓って言うが、わたしはまさに恍惚の境地にあって、この深々としたあるがままの恍惚を、この大きくもあれば真っすぐでもある歓びを、いくらかなりとも言葉と文章で写しとることができればと思うばかりだ。この地に来訪した目的を言っておくなら、ある広間を壁画で飾るという課題にわたしは取り組もうとしているところで、仕事は望むらくは軽々と済ませるつもりだけれど、謝礼は軽々しいよりも重々しいものを思い描いて楽しんでいる。住んでいるのは、郊外にある暗色の板が張られた住み良い部屋で、窓からの眺めはスケッチしないではいられないほどにすばらしい。ごく近いうちにぜひ一度足を運んでおくれ、そうすればここの暮らしを直《じか》に目にすることもできるだろう。これ以上は考えられぬほど丁重な歓待がおまえを待っているだろう、満ち満ちて溢れかえるほどに美しい景色に――だってここはそいつでいっぱいなのだから――迎えられることをどうかあらかじめ覚悟しておいておくれ。

本来の壁画の仕事のほかに、わたしはおまえが詩作するのにも似た、おそらく似ているようやり方で自然を写している。わたしは戸外へ出かけ、自然の神々しい顔《かんばせ》に飽くことなく見入り、何かしらの深々とした印象、抱かれたイメージもしくは織物を家に持ち帰り、その思想を部屋の中で完成させるのだけれど、それはわたしの描写を「自然を前にしての」というよりむしろ「自然を後にしての」絵画と呼ぶべきものにしているかのようだ。自然とは、弟よ、秘密に満ち満ちた、汲めども尽きぬありようで広がっているもので、人はそれを楽しんでいるときも、すでにその下で苦しんでいるのだ。でもここでふと思い至るのは、知っての通り、世界には痛みの混じることのない幸福はそもそも存在しないのかもしれないとわが身に言いきかせるということで、そう言うことでわたしがおまえに、そして自分自身にともかく言いたいのは、わたしは雄々しく闘っているということなのだ。四囲に広がる自然すべてに宿る色彩にはもろもろの音調が混じりこむ。さらにはわたしたちの思考がそれに加わる。加えて考えてみて欲しいのだけれど、すべては常に変転していき、一日の時間も朝昼夜と移りゆき、大気そのものからしてどこかしらとても独特な、奇妙な、朧ろなもので、ありとある事象をぼやけさせるかと思えば、ありとある事物にさまざまに奇異な表情を与え、もろもろの形態に変容をもたらし魔法をかける。そこで絵筆とパレットのことを、手仕事道具、手仕事作業の遅々とした緩やかさをありありと思い描いてみて欲しい、それでもって性急に突き進んでゆく画家は、千もの不思議な、朦朧とした、あちこちに散らばった、繰り返し眼前を掠めゆく美を捉えようとする。確固とした永続するもののうちに定着させようとする。閃光を発する、像の魂から輝きわたる、生気あふれるイメージに作り変えようとする。こう思い描くとき、おまえはこの闘いを理解するだろう、戦慄とは何かがわかるだろう！　ああどうかこれが、わたしたちが胸中に感じる愛情とともに、歓喜とともに、穏やかな魅惑する思考とともに、憧憬とともに、熱き善き願望とともに、純然、純粋、幸福なる直観とともに為されんことを。

さあ抱擁させておくれ、さようならだ。一つ確かなことがある、わたしたち二人には、画家のわたしに劣らず詩人のおまえにとっても、忍耐、勇気、胆力、根気が必要だということだ。二〇回でも三〇回でもお元気で、と言わせておくれ、歯が痛まないように、懐がいつも温かいように、一晩中読み続けなくてはいけないほどに長い手紙を書いておくれ。

ヴィトマン

　今なお記憶しているところでは、わたしは三月のある朝、ヴィトマン氏の住まいを訪ねようと、働いていたトゥーンの街を出て徒歩でベルンへ向かったのだった。二〇歳の人間はえてしていささか常軌を逸しているものだ。わたしの身なりもまさにそんな具合で、派手な黄色の真夏用の背広に、足どり軽やかな舞踏靴、頭には野卑、厚顔、愚鈍を気取った帽子をのせ、まともな襟《カラー》など影も形もなしという出で立ちだった。

　荒れ模様の寒い日だった、空は黒雲に覆われていた、しかしともかくも街道はとても清らかだった。村から村へゆく歩みはすみやかでしなやかだった。日曜の早朝ゆえか、人の往来はほとんどなかった。刺すような冷たい雨粒が落ち始めたが、二〇歳の人間は神経過敏には縁遠いもの、わたしは悪天候などまったく意に介さなかった。世界は暗鬱、邪悪、過酷な顔を見せていたけれど、荒涼たるものに特有の美しさはないなどと、わたしはかつて一度たりとも考えたことはなかった。

静かな樅の森に踏み入ったわたしは、骨の折れる難儀な道行きをしばし中断しても良かろうと考えた。はるか上方の大枝では風が轟音をたてていた。それは若き徒歩旅行者にして駆け出しの作家には音楽同然だった。わたしは鞄から鉛筆とノートを取り出すと立ったまま、自然の劇場に耳すませつつ、数篇の詩を書きつけたが、その中には良いものも悪いものも、幸運にもうまく書けたものも不運にも失敗したものもあった。それからわたしは元気よく朗らかに歩を先へ進めた。

土地は黄色、茶色、灰色だった。そこここで神々しくも厳かに深緑色が照り映えた。幾つかの古い別荘や城館の荘麗高貴な美しさには感嘆の息が漏れた。

正午頃、わたしはヴィトマンの家の前に立ち、門扉のベルをそうっと鳴らすと、一人の娘が飛ぶように降りて来て、新来の新参の若者に扉をあけてくれた。どちらさまでしょうか?

先だってヴィトマン氏に初めて書きあげた詩文をお届けしたところ、そのうちの七、八篇を、氏の名高い日曜新聞に載せていただくというなんともありがたいご厚意にあずかった者にほかなりません。

こうしたことを口にするだけの勇気もしくは蛮勇を、わたしは持ちあわせていたというわけだった。可愛らしい潑剌とした娘は、わたしの来訪を告げるべく引き下がった。ほどなくしてわたしがヴィトマン氏の前に立つと、氏は感じのよい声で、「ああ、あの若い詩人さんですね！」と歓待してくれたのである。

わたしはお辞儀らしきものをしようとした。当時のわたしは、お辞儀やらそれに類する礼儀ごとに関してはまったくの未経験者、きわめつけの未熟者だった。いかなる類のマナーもまるで解さぬ子どもだった。それに、小さな取るに足らない人間は、偉大な名だたる人物を目のあたりにするや畏縮してしまうものなのだ。そうこうしながらも、彼の気品ある快活な物腰にわたしはすっかり心をとらえられていた。人を魅了することのできる人間からは、勇気づけ鼓舞してくれる何かが発散されているものなのだ。わたしはみずからを落ち着かせ、安らかな心持ちを感じつつ、さまざまに言葉を発し、彼はその向こう見ずで青臭い言葉に親切に耳を傾け、諾《うべな》うだけの善意と度量を持ち合わせていた。わたしが口にしたことに、関心を持ちさえしたように見受けられた。

時として彼はわたしのきわめて大胆で個性的な、ほとんど独創的にすぎる外見を、その身なりと人となりを、厚かましくも向こう見ずな装束を、いかなる点においても流行から外れた愚かしく身勝手な衣装を、もっともなことながら、少しばかり検分してはいた。しかし、彼はごく冷静に感じ良くそうしていたのであって、それはまるで些事によってはその落ち着きと威厳を一瞬たりとも乱されることのない王侯のごとき振舞いだった。

絨毯の上には犬が一匹うずくまっていた。部屋は上品な快適さそのものといった様子だった。およそ半時間ほど経ったところで、わたしは幸いにも、年若い駆け出しとおしゃべりするのとは別の為すべき仕事が彼にはあるだろうことに思い至り、それゆえ賢明にも席を立ち暇を告げることがふさわしかろうと考えたのだった。

いばら姫

若い頃からもう、いばら姫の話は気になっていた。注意深く記憶をたどり、かつての努力奮闘、試行錯誤を眼前に甦らせてみるに、わたしは幾度となくあの寓話の愛らしい魅惑してやまぬ子どもに、繊細なあるいは粗削りな、感傷的なあるいは冷静な、濃密なあるいは淡泊な、品のよいあるいは力強い韻文で、なんとか近づこうと努力してきたのだった。あの素晴らしい百年の眠りは、どうしても頭から離れようとしなかった。百年にもわたる深い眠り、これはたしかにただごとではない。では少しばかりのぞいてみることにしよう!

それほどの時間が流れてゆくなかで、幾人もの大胆な勇敢な恋焦がれた冒険者たち騎士たちが、その大胆不適、勇猛果敢、思慕恋着のつけを、わが命でもって支払わねばならなかった。初々しく赤味のさした瑞々しい頰を、花咲く唇と金色にうねる巻毛を、情熱的な碧眼と燃えさかる想念を、屈託のない凜々しい美しい面立ちを、俊敏自在な四肢を備え、手には剣をたずさえ、帽子には騎士の羽根飾りをさし、若々しい魂を若々しい空想でふくらませ、その御しきれぬ熱望を満たすべく、存在から魅惑を、生から胸中に秘められた幸運を奪取すべく、明るい国、暗い国をぬけて運試しにやってきた騎士たち、男爵伯爵侯爵たち、高貴なる若者たち、貴族の子弟たちは、いばらの中で命を落した。愛すべき美しき者たち、良き猛き勇しき者たちは、国じゅうでその美しさが語られる甘美なる眠り姫のために、無情なる藪に容赦なく絡みつかれ、息絶え、早逝しなければならなかったのである。

ある時のこと――とこの愛らしい優美な物語では語られる――はるか遠方の地より、いばらをくぐり抜けるべく定められた王子がやってきた。万事に怯まぬ血気と獅子のごとき豪胆で、あらゆる危険を慰み、気晴らし、児戯とみなしつつ、まるで晴れた湖上での舟遊びに過ぎぬように、緑快い草原での和やかな玉遊びに興じるように、迫りくる死、没落、破滅とふざけ戯れつつ、彼が生い茂るいばらの藪へ突き進んでゆくと、藪は王たらん者の意思を前にへなへなと崩れ落ち道を開き、王子は抗すべくもない激しさで阻み妨げるものことごとくを組み敷き、魔法にかけられたいばら姫の宮殿に踏み入り、謎めいた優雅な娘が微睡むあの知る人ぞ知る塔へ続く階段を昇り、娘を目にするやキスをして、そのキスで娘は目を覚まし、その瞬間から花嫁に、妻に、つまりは彼のものになったのである、というのもお話はそんなところでためらったりぐずついたりはしないのであって、そこでお話がながながだらだらしないのは、実際のところ、よいことなのである。

古び燻《くす》んでいた王宮全体が目を覚ました、王と王妃が、臣下と政府が、大臣と枢密院が、侍従たち従僕たちが、貴族たち女官たちが、小姓、侍女、狩人、伝令、傭兵が、料理人に料理人見習いに召使いに女中たちが、そして制服きらめかせた御者たちが目覚めたのである。

古の、深く沈みこんでいた夢は息を吹き返し、陰気に無愛想に眠りこけていた怪奇譚は、朗らかな魅力ある活き活きとした生に変容した。教養と学問、社交と趣味、そして大はしゃぎの諸芸術がふたたび我が世の春を歌い始め、それらを取り巻く国全体が長い長い哀しみから覚めたかのようだった。一つの世界が解放されたのだ！　公園ではふたたび鳥たちが歌い囀った。重しは取り除かれ、戒めは解け落ちた。詩、音楽、絵画そして手仕事がたがいに意味と精神と手を差し伸べ合い、覚醒した王宮での社交生活を美しく金色に染めあげた。空はふたたび青く微笑み、アルプスの壮麗な峰々は晴れわたった。灰色のカーテンはかき消え、闇をもたらした暗雲はうせ去った。樹々は緑に萌え、花を咲かせた。広大な、活気にみちた国じゅうで、日々の営みが愛想よく賑わい栄えた。

すべてがすばらしく秩序正しく、すべてが好ましく喜ばしく美しかった。けれども一番美しく一番幸せだったのは、婚礼を挙げた二人、高貴な王子と優美な可憐な嫋やかないばら姫だった。

叔母さん

　さる条件そして状況のなか、わたしはある秋の早朝、申し分のない職についていた小都市をあとにして、元気よく歩き始めた。そのときのことでは二つほどが、今なお鮮明に記憶に残っている。雲ひとつない青空と塵ひとつない街道だ。わたしは猟師服色の緑のズボンに青白模様の上っ張りという出で立ちだった。後者はむしろ夏向きというべき代物だったが、わたしはそんな些事には拘泥しなかった。徒歩旅行よ、おまえはなんと朗らかな、明るく晴れやかな喜びだろう！

　わたしは歩くというより、もう跳ねていた。その歩みは正真正銘のきびきびのしのしゆく行進というより、すいすい流れゆく滑走のようだった。気持ちのよい路上では、農夫、農婦をはじめさまざまな田舎の住人たちと行き合った。晴れやかな街道にわたしはすっかり惚れこんでいた。歩み抜けていったのはまさに鄙びた土地で、山があり草地があり、ぽかぽかの街道沿いにはなんとも小ざっぱりした感じのいい可愛らしい家が軒を連ねていて、その家々がにっこり笑いかけくつろがせてくれる中を、わたしはのんびり歩んでいった。野原、丘陵、畑地、森の上では、それは美しい朝の陽がにこにこ、きらきら踊っていた。わたしは徐々に山間《やまあい》に踏みいり、ほどなくして人里離れた、高く切り立った岩にぐるりを囲まれた村に行き着いた。母が生まれた村だった。その地はよそよそしく、また親しく懐かしく感じられた。世界全体がそして自分自身が妙に古めかしく、また若々しく思えた。地上の世界と生が不意に夢と化し、すべてがたやすく理解できるものに、同時におよそ不可解なものになったかのようだった。

いささか呆気にとられ、気が弱り茫然としていたのか、あるいはもしや山の精に魅入られたのか、わたしはおずおずと構えの立派な食堂に踏み入り、食べもの飲みものを少しばかり注文すると、おどおどした声で女主人に母の縁者について訊ねてみた。女主人は、冷たく無関心な眼を向け首を振っているところからすると、わたしの落ち着かない様子を訝しんでいるらしく、残念ながら言うべきことは何一つないと言いながらも、いかにも高飛車で冷ややかな、すげない態度だった。「見てろ！」とわたしは思い、今度はこちらが劣らず冷淡に振舞ってやろうと、不躾《ぶしつけ》につっけんどんに代金はいくらか、いくら置いていけばいいのか訊ね、払うべきおおよその額を投げ出すと、席を立ち店を出ていったのである。

　その土地はすばらしく美しく思われた。愛する母がここで若い日々を過ごしたこと、ここで生を享けたことを思うと、深い感動にとらえられた。とそのとき道の左からだったか右からだったか、どこからともなく田舎巡査が歩み寄ってきて、先だってその様子を叙述したところの、なんともすばらしい緑、うっとりさせるような白、晴れやかな朗らかな青からなるわたしの出で立ちに怪しむような視線を投げると、もの静かに出自証明の提示を求めてきた。求められたものを見せると、わたしたちはまた、望ましくもそっと穏やかにたがいから遠ざかることができ、これはおそらくは双方どちらにとっても好ましく快いことだった。

　ほどなくして、静かにゆっくりと日が暮れはじめ、わたしは歩みに運ばれるままに、生まれてこのかた見たことも通ったこともないほどに立派で裕福な、心地よく豊かな村を抜けていった。なんと間口の広い品のよい家々、なんと大きく美しい納屋そして庭、堂々とした、敬意示さずにはいられない農場だったことか！　ある庭からは感じのよい親切そうな女性が挨拶をよこしてきた。これに挨拶を返し礼を返さぬなら、わたしはとんでもない無作法者に違いなかった。しかし幸いにも、わたしは無作法者でも粗忽者でもなく、それなりの礼節をわきまえそれなりの教育をうけた行儀の良い人間であることを示して見せたのだった。

いやましに暗くなっていく夕暮れどきの世界は、なんと美しく懐かしく感じられたことだろう。緑ここちよい草地が、ほのかにかすかにおだやかに眼前をすべっていった。さまざまな類の考えが、すり寄ってくる子猫のようにわたしのすぐ後《あと》をついてきた。中には思わずふふとあるいはからからと笑わせてくれるような考えもあった。心楽しませる希望、魅力ある喜ばしい未来図、甘美なささやかな夢想が同伴者となり、音たてぬ金色の足でそうっとついてきて、わたしを豊かに、軽やかに、無頓着に、自信たっぷりにしてくれた。そして、夕まぐれの通りはなんと秋の湿りをおび、やわらかだったことだろう。もう白っぽい霧が、いく筋もの帯を、お化けじみた線をひきつつ、すぐ隣の牧草地の上にかかっていて、草地はまるで浮かんでいるようで、静かな家々の窓からはすでにそこここでランプの光が漏れていた。いくつもの暗い人影！　そして四囲は、それは深々と古代めいて美しく、静かで黒くてしんとしていた。

わたしは最寄りの宿屋に入ると、感じよく体にもよく質もよい、たっぷりこってりしつかりした、歯応えありそうな軽い夕食を出させ供させた。わたしと同じように放浪し旅する職人がやはり似たような食事をしたためていた。暗色に板張りされた食堂は、なんと食欲をそそり、心くつろがせる空間となっていたことだろう、そして善良で人当たりのいい女主人はなんと感じよく腰が低かったことだろう。わたしは部屋を一つ頼み、それはむろん王侯が泊まるような部屋ではなくて、まったくまともな、ほどほどの、分相応のつつましやかな部屋で、林檎の匂いと爽やかな秋の気配に満たされたその部屋の気持ち良いベッドで、わたしはぐっすりと眠ったのだった。夢の中では、いまだ聞いたこともないような、めくるめくような美しい出来事を楽しんだ。

翌朝、目にしたのは床の上に転がっているいくつもの林檎で、わたしはせっせと拾い上げ、ガブリと噛み付きさえすればよかった。窓からの眺めは神々しいほどに美しかった。わたしは名状しがたい悦びを覚えつつ、遍歴職人さながらの頭を、少年少女のように清々しい、すばらしく澄みわたった、繊細な、朝の大気の中へ突き出した。至福と恍惚に満たされつつ、金色に照らされた朗らかな緑の風景を見つめ、そしてわがうちに吸いこんだ。青味がかかった白い吐息が世界の上方にうっすらと漂っていた。寒さと温もりが相争っていた。緑と青と金が、明朗と快活がこのうえなく美しい絵画を描いていた。それにその日は日曜日で、やわらかな、緑色の、おとぎ話を物語るかのような丘全体を包みこむように、和やかな、諍いも不安も不満も鎮めやわらげるような日曜の鐘の音が響いていた。

ほどなくしてまたお好み、お気に入りの街道にでると、わたしは新たに得た力で先へ歩き始めた。お昼どきには小さな街に入った。その街ではあらゆるものがそれは美しく上品に磨きたてられていて、すべてが日曜日らしく、夢想のごとく厳かに、輝き、微笑み、そよいでいて、先述の遍歴服の出で立ちをしたわたしなどは、まるで盗賊さながらに、リナルディーニもどきの存在であるかに思われた。一人の可愛らしい若いご婦人が、わたしのそばを通り過ぎようとして、驚愕の叫びを発しはしなかっただろうか、そして、そのお嬢さんはわたしの従姉妹であると判明したのではなかったろうか？　その通り！　挨拶が交わされ、根掘り葉掘り質問がなされ、笑い声が響いた。それから彼女はわたしを両親の家につれていき、そこでわたしは彼女の母、すなわちわたしの叔母の前に立たせられたのだった。それからすばらしい昼食が出された。午後には次々と新たに他の人たちを知るようになり、もちろんその人たちもわたしのことを知るようになった。その夜は叔母の家にとめてもらった。

翌朝、暇乞いをして旅を続けようとすると、叔母はおおいに愛情のこもった親切心から一着のスーツを差し出してきた、というのもわたしの上着は、彼女が真剣な顔で断言するところでは、おそらくはもはやふさわしき身なり、まっとうなる出で立ちとは見なされることも受け取られることもないというのだった。

「でもこれはわたしにすばらしく似合っているのです、おばさま」、わたしはすっかり熱くなって大声で返事をした、「そしてどうかお願いしたいのですが、良かれと思ってなさったに違いないあなたの心からの申し出をわたしが断ったからと言って、どうか腹を立てないでいただきたいのです。ずいぶん無遠慮な、聞き分けのないことを言い出したとお思いでしょう。でも、ごらんになってください。この奇矯な背広はわたし自身の存在の一部であって、もしこれが少しばかり風変わりで、奇妙奇天烈で、間抜けにみえるとしても、そんなことどうということはないのです。おばさま、わたしは心の底から、少しばかり際立ち、奇矯な風があると見えていたいのです。このわたしのどうやら少しばかり突飛な背広はわたしが自分の意思で選んだものです、であればこれは正直にわたしにくっつきぶらさがっているべきなのです、たとえ頑固、強情ゆえになお多くの厄介事、不快事がもたらされることになろうとも。個性をあらわにすること、奇矯さを人目にさらすことを恐れてはならないのです。そのようなおどおど、こそこそ、ゆらゆら、めそめそした態度では、いったいどこに、どんな物悲しい曖昧さの深淵に落ちこんでしまうことでしょう。わたし自身によって行われ、わたし自身に対して行われよう、いかなる誹謗、中傷、不実がそこから生じてしまうことでしょう。人間たるもの、ありのままの自分をさらし、保っていくことができなくてはなりません。わたし自身はわたしの外見そのままなのですから、少なくともわたしの服は嘘などついておらず、そして誰かがわたしの服を見て、必ずや風変わりな若者に違いないと考えたとすれば、それはそれでわたしとしては構わないのです。そんなことどうして気になりましょう。ともかくも、わたしをあらたに装わせて下さろうとしてくださったことには最高最上の感謝を申し上げます。しかしながらわたしとしては、そのようなしきたり通りの良き作法にかなった衣服ではまったくもって快ならぬ不快、不愉快を感じるだろうと考えていたい、確信していたいのです。ことによるとわたし自身が年を経ていつの日か、わたし自身のわがままを、完全にとは言わないまでも、投げ捨て放り出すようなこともあるかもしれません。いつかわたしにもそんな日が来るだろう、と思ってはいます。いいでしょう、急ごうとは思いません。というのも、若気の至りというのは、若ければこそ所有するもの、占有するものなのです。今日のところはわたしはなお奇妙奇天烈です。十年先には違っているかもしれません。だからどうだというのでしょう。そのとき、わたしはどのような良きこと正しきことを、失ったもの脱ぎ捨てたものの代償として手にしていることでしょう。」

おおよそそのようなことを語り、もう一度、叔母の良き意図から来る親切な申し出に感謝を述べ、自分の意見を通し、自分の感情を持ち、自分の考えをゆずろうとしなかった非礼を詫びると、わたしは彼女に別れを告げ、快活さと朗らかな確信に満ち満ちて先へ歩んでいった。

芸術家たち

この文章の書き手はかつて数年前に喜劇のようなものを書いたのだけれど、残念ながらそれは書き手自身の手で千もの小片に引き裂かれてしまい、永遠に舞台から失われてしまった。なんという取り返しようもない損失だろう！

それはいまなお思い出しうる限りでいえば、およそ次のようなお話だった――

あるさすらいの芸術家仲間、集団、グループもしくは一座が、ある晩、何時頃だったかはもはや覚えてはいないが、ある領主もしくは公爵の館の前にたどりつき、そこで――少々ロマンチックで冒険物語風なありそうにない話に聞こえるかもしれないが――やんごとなき公爵閣下その人によって、この上なく慇懃に丁重に盛大に、また親切に懇ろに寛大に迎えられ、美辞を尽くした歓迎の意を表され、奔放、放縦な若者たちはむろんのこと、ただもうこれを率直に素直に喜んだのだった。

「ここで存分に心ゆくまで、描き、彫り、詩を詠み、曲を作り、歌い、踊り、演じるがよい」、やんごとなき領主は、大胆かつ鷹揚に、公爵らしい心こもった態度で芸術家たちにこう言い放ち、さらに話を続けた、「ここでは思うがままに振舞いなさい。愉快にやって、好きなだけ飲み、食べなさい。優雅で堅実なあなたたちの芸術で、わたしの宮廷を美しく輝かせなさい。わが領地の広がるかぎり、わが権力の及ぶかぎりでは、男爵のように自由に振舞いなさい。食堂と地下室はいつなりと自由にお使いなさい。とはいえただ一つだけ友としてお願いしておこう、ここで享受する自由の、濫用ならぬ使用に努めてほしいということを。ご自身の高貴なる礼節、繊細なる礼儀の感覚こそがあなた方に課せられる唯一の制限であり、ご自身の良き趣味こそがあなた方を束縛するのです。わたしにはあらかじめわかっています、あなた方の振舞いに満足させられるだろうということが。」

芸術家たちは善意に満ちた、人間愛溢れる、芸術の友たる主人が、かくも好意ある優雅な言葉を語るのを聞いて、われしらずほくそ笑み、満足のあまりもうもみ手すらした、そこで頭を下げると、公爵に向かって次のように語るのがふさわしかろうと考えたのである。

「わたしたちの態度のことであれば、いや、もう、まったくご心配は無用です。わたしたちはお約束しましょう、いついかなるときも芸術家にふさわしく、自然、本性そのままに立居し、振舞うことを。」

　これを聞いて公爵は莞爾として微笑んだ、かなりアイロニカルな返答であることに気づきながらも、十二分に満足していた、なんとなれば彼は真に偉大な領主であり、芸術を情熱的に愛していたのである。

　むろんのこと、公爵の宮廷をその誇り高き存在で飾る貴族たちは、初日からもう、芸術家の一団もしくは一座のことで眉をひそめた。それを眼にしつつ、類することをも予感しつつ、主人は貴なる廷臣たちにこう告げた、

「芸術家たちに対してはつねに礼儀正しく振舞うがよい、わたしの望みである。」

　そして芸術家たちにも同じことを言った、すなわち、

「わが貴族たちに対してはつねに礼儀正しく振舞ってほしい、お願いしますぞ。」

　芸術家たちの中でもとりわけ秀《ひい》で抜きん出ていたのは、以下の者たちだった、画家のピンゼル《絵筆》、音楽家もしくは作曲家のボーゲン《楽弓》、短編小説家のツァイレ《行文》、きわめて思慮深い繊細な叙情詩人ジルベ《詩句》、そして戯け者もしくは道化師のヴァイドリヒ《したたか》。

　気高き、美しき公爵夫人が関心を寄せたのはどの人物だったか？　もちろんジルベである。わたしたちの知るところが不十分ではなく十分であるならば、彼は韻文を仕上げ、

詩文を書き上げ、そのたおやかな詩句は、月がその光によりもたらすほどの効果を呼び、印象を与えた。公爵夫人はジルベに惜しむことなく寵愛を与え、それは詩人がまともな正気を失ってしまうほどで、彼はこのうえなく甘美な厚情に浮遊、耽溺するあまり、いまや右も左も、どこに頭がついているのかも分からなくなってしまった。世界は周囲をぐるぐる回り、彼はしばしの間、どこまでも続くすさまじい成功がもたらす恍惚のあまり発狂してしまうことを恐れていた。いったい公爵夫人に気に入られて、冷静なる思慮分別を失わないでいられる者がいるだろうか？　溢れるような寵愛に彼はもう窒息せんばかりだった、幸福のあまり死んでしまいそうだった。ジルベの詩行にはむろん、魂奪うような輝き、心蕩かすような、酔わせるような煌きがあり、公爵夫人が彼を朗読者に指名したことは、まったくもって驚くに値しないことだった。

　ジルベは、すでに言ったように、至福の境地にあった。散文作家のツァイレは世を遠く離れた、金糸と妄想で編まれた、奇妙に冒険物語じみ奇想譚めいた居室もしくは幽霊部屋に腰を落ち着け、短い、確固とした、簡にして要を得た、ぎゅうと凝縮された英雄短編小説を書き、その精確簡明なる文体は城内至るところに雷鳴の如く響き渡った——というのは、むろん、少々大胆に過ぎるコメントかもしれない。

　ボーゲンは一編のソナタの作曲に取り組んでおり、それはモーツァルトをもはるかに凌がんとするほどの逸品であるらしかった。

ピンゼルは絵筆《ピンゼル》を振るい巨大な夜景を描こうとしていて、これが一世一代の傑作となるに違いないことを確信していた。道化師のヴァイドリヒは庭園にあまた集まった貴人たちの観衆を楽しませようとあちらこちらへ踊ってまわった、樹々の生い茂った晴れわたった夏の庭園は夢のように美しく、詩のように夢想的だった。

時は止まることも留まることもなく歩みを進めた、そしてもろもろの思いもよらぬあるいは思った通りの変化をもたらすその歩みとともに、芸術家たちはひどく羽目を外してしまった。芸術活動はなおざりにされ、芸術への熱意は嘆かわしくも冷めていった。厚顔な者たちは芸術作品を産む代わりに生を享しむことに、少々行き過ぎかもしれぬほどに愉快痛快に生きていくことに熱意を示すようになった。彼らは高く厳しい芸術に負っているものをほぼ完全に忘れてしまい、低劣なる忘却と不実を重ねたあげく、いわば尽きせぬ物質的耽溺にほぼ完璧にわが身をゆだねてしまったのだった。

ジルベは詩を詠み、作ろうという気持ちを、ぎょっとするほどに失っている態度を露わにした。一人の愛らしい悪戯っぽい扇情的な小間使いに、積年ためこみふくらませてきたあらゆる夢想、空想、想像、願望の実現と成就を、不意に遂に見出し発見したらしく、その豹変ぶりは、ジルベがあらゆる点においてただただ恩義を感じ続けてしかるべき、哀れにも裏切られた公爵夫人を、これは十分に理解できることながら、激昂させることとなった。彼女は夫君たる公爵のもとへ急ぎ、どうやら詩行《ジルベ》を吟味し韻律を整えることにうんざりしたかに思われる不実なるジルベの、行き過ぎた無恥、類稀なる厚顔ぶりを、切々とまた辛辣に訴えたのだった。

ツァイレは散文の行文《ツァイレ》を書くこと、思考もしくは人物を造形すること、物語を捻り出すこと、そして無味乾燥で味気ない堅苦しい精神生活をおくることが、しだいにどうにも億劫になってきた。この見たところ、いずれの意味においてもうなずけよう意欲喪失の果てに、彼は静やかに人惑わせる夏の夜の月光のごとくに美しく魅惑的と主張することも許されよう、ある一人の宮女に首ったけになってしまったのだった。作曲家のボーゲンは極上ワインの卓越せる通人にしてのんだくれであることを、われとわが身で証明してみせた。ピンゼルはどうやらまったくもって正当と言えよう不興の発作にかられて絵筆《ピンゼル》を放り投げ、自分には休息が、休養が、気分転換が差し迫って必要なのだとの説明を加えた。この声明発表の結果はといえば、即座におとずれた悲しむべき創作の行きづまり、どうにも疑いようのない憂うべき芸術の停滞、そして衆人も知る痛快きわまりない生の悦楽との同衾であった。

戯け者のヴァイドリリヒに関しては、ある日のこと、尋常ならざる宮廷スキャンダルがもちあがった、つまりはあの公爵夫人が彼のうちに、かつて盗賊たちに拐《かどわ》かされた、信の置けぬならず者たちに連れ去られた、しかしいまや僥倖によりふたたび発見された愛する息子の姿を見いだしたのである。この驚天動地の出来事は幾たりかの人びとにとっては、貴なる、いとやんごとなき良風の観念を傷つける事件だった。宮廷の良俗はこの嘆かわしい出来事に少なくとも二週間にわたり喪に服し続けたとすら言えるだろう、良俗はほとんど病み衰えてしまうほどに怒り狂い、嘆き悲しんだのである。

誇り高い貴族たちと、さらに誇り高く要求が多いとは言わないまでも、これまた周知のようにプライド高く鉄面皮の芸術家たちの間では、そのほかにも決して気持ち良いとは言えぬ摩擦衝突が繰り返された。事態はそれゆえ抜き差しならぬものになろうとしていたのである。

宮廷にとどまり公爵の城に滞在することは、この先、自分たちにとっておそらく有害でこそあれ、何の利も益ももたらすことはないと告げる感情に動かされ、芸術家たちは厳かなる密会の場に集い、そこで、贅沢三昧とのらくら生活に背を向け、ふたたび放浪の旅を続けるという、疑いようもなくすばらしい断固たる決意を固めたのだった。旅立ち出発するという自分たちの意思を、恩恵を与え芸術を保護してくれたパトロン、すなわち公爵に伝えることで彼らの意見は一致し、事実これは、次なる機会に実行されたのだった。

「わたしたちは感じているのです」、王侯に向かって彼らは言った、「自分たちには新鮮な空気、激しい運動、厳しい環境、風、嵐、過酷な自然、粗野で洗練されていない人びととの交わりが、どうしようもなく必要であると。宮廷の空気は、いかに上品で魅力的であっても、わたしたちをいわば病気にし、創造する精神を萎ませてしまうのです。わたしたちが恩知らずに見えるだろうことは、よくよく分かっております。にもかかわらず、寛大にもお別れすることを、出立することを許していただきたいのです。旅に出る用意はすでにわたしたちにはできております。」

公爵は仰天、困惑し、なんとも残念な顔つきと声音でこう叫んだ、「そんなことがあろうか？　本気で旅に出たいと望んでおるのか？」

公爵は旅装を整えた者たちを、しばらくの間、ほとんど無関心に、ともかくもひどく驚いた様子で、ことによるといくぶん腹立たしげに見つめていた。ほどなくしてしかし、当初の狼狽から立ち直ると、礼節をわきまえた感じのよい笑みを浮かべて、次のような好意溢れる寛大な言葉を口にする決心を固め、以下のような意義深い優美なる送別の辞を述べたのである。

「親愛なる卓越せる芸術家諸君。あなたたちが望むのであれば仕方があるまい、精神に導かれるままにどこへなりと行くがよかろう。とはいえ、こうは言わせてもらおう、なおしばしの間とどまられてはいかがかと！　だが、あなたたちのそもそもの本性が駆り立てるがゆえに出立を決意したというのなら縛りつけることはできぬ、わたしのもとを去ることを許し、そなたたちなしで生きていくほかはなかろう。しかしながら、わたしがあなたたちの存在と活動にどれほど関心を寄せているか、これまでいつも寄せてきたかを知っていながら、知っているべきでありながら、わたしのもとを去っていくというのは決して褒められたことではないぞ。この恩知らずめが！

しかし、あなたたちを叱責するのはやめておこう、それではあまりに愛想がないというものだ。ある種の心痛をわたしはこの瞬間、完全に押さえつけることができないでいる。そしてあなたたちが別れを告げ、先へ進んでいこうとする姿を、どんなに口惜しいと言っても足りぬ気持ちで眼にしている。わが財務大臣のところへ行き、あなたたちの高き功績、誉ある仕事に対して、誠実なる報酬を受けるがよい。

さあ、いまや優美なる芸術が、わたしのもとを去ってゆく。高貴なる文芸がわたしを見捨て、置き去りにする。歌謡と音楽が、魂奪うような創意に富んだ女神たちが、わたしのところから逃げ出そうとしている。誠になんとも残念なことだ、あなたたちがいなくなるや、わたしはさぞかしあなたたちに焦がれることだろう。あなたたちを失ったわが宮殿は、荒れ果てた悲しい味気ない場所となることだろう。わたしはそのことを覚悟せねばならぬ。

あなたたちに腹を立てるべきところだろう！　あなたたちは、移り気な、気紛れな、人を惑わす者たちというべきだろう。しかし、平穏、幸福、安定、寛《くつろ》ぎを楽しむ術をほとんど、あるいはそもそもまったく知らぬということ、これはあなたたちの奔放、活発に過ぎる本性に定められていることなのかもしれぬ。穏やかな、美しい大地に確固として足を踏みしめてこそ、あなたたちは遠方に駆り立てられてしまうのかもしれぬ。安らぎはあなたたちにとってはどうやら安らぎでないようだ。節度あるものに囲まれるやもう、無限なるもの、際限なきものの香り、匂い、味わいに渇えてしまう。

あなたたちは子ども！　それゆえ腹を立てても無意味だし、愛着と感謝を要求するなぞ悪趣味というものだろう。どうぞ達者でお過ごしなさい！

あなたたちがここへ来たとき、わたしは歓喜に満たされた。しかし、あなたたちがこうも予想しない形で辞去しようとするとき、わたしの歓喜は消えてしまう、あなたたちが突如発とうとするとき、わたしは不機嫌にならないではいられない。あなたたちの馬鹿げた悪戯に、わたしは心底笑ったものだ、そしてあなたたちの活動は、わたしから退屈というものを追い払ってしまった。

なぜにあなたたち芸術家はどこにあろうとまっとうな安らぎ、とどまることのできる家を持てないのだろう？　わたしはこれを告発するにしても冷静を保たねばならないだろう。もしやあなたたちはまさしく、安らぐことのない、落ち着くことのない、哀れな、欲求から欲求へ翻弄され続ける、決して満たされることのない、永遠に満足することのない、不幸な人間の謂いなのだろうか？

もう一度言わせてもらおう、どうぞ達者でお過ごしなさい。折にふれて様子を知らせなさい、機会があればまた立ち寄りなさい。」

ヴュルツブルク

さる時、とはつまり数年前、思うにわたしはある美しい夏の日、徒歩でミュンヘンからヴュルツブルクへ向かったのだった。ひとりの身軽で愚かで未経験な若者がただもう飛ぶように歩を進めていた、すなわちわたし自身である。暑くて、すばらしい天気だった。世界は青、黄、緑が入り混じったながめだった。青は高く明るく広い空、緑は通り抜け、掠め過ぎていった森、黄は幅広の街道の両側にひろがる熟れた穀物畑。もう一つの美しい、多くを意味する色は白、というのも足を急がせる旅人、てくてく歩いてゆく傭兵とともに、とはいえむろん固い大地の上ではなく宙高くを、青い海に浮かぶ大きな巨大な船のように、白い夏雲が滑っていたのである。わたしは年がら年じゅうかつかつ暮らしがつねだったので、携えていた現金も重荷と感じるようなことはまったくなかった。足には帆布製の運動靴のようなものを履いていて、それでわたしは風のように軽やかに、自由思想のように縛られることなく一帯を抜け前へ進んでいた。まるで風がわたしを前方へ吹きやり追い立てようとしているかのようで、さほどにも速やかに、わたしは歩み抜けていったのである。

ミュンヘンでは何人かの地位と名声のある文学関係者と懇意になることができた。しかしわたしは芸術や文学の集会になると、妙に気圧されたように感じてしまい、まるで彼らの役には立たなかった。さらに詳しいこと精確なことは、もうはっきりとは覚えていない。覚えているのはともかく、上品な物言いや虚礼が支配する文芸サロンから、風、嵐、粗野な言葉、乱暴なつっけんどんな態度、ありとある仮借なさ荒っぽさがものをいう開かれた世界へ追い立てられたということだ。若くて辛抱がなかったわたしには、雅やかで達観した雰囲気は耐えがたかった。非の打ちどころのない、一切無駄のない、申し分のない、趣味のいい物腰は、なべてわたしには心労と恐怖じみたものを吹きこむばかりだった。全能なる、善なる、偉大なる神よ、あなたの暑くて広くて静かな大地をゆく夏の徒歩旅行は、それがしたたかにもたらす渇きと空腹はなんと美しいことか。すべてが静やかで光に満ちていて、世界はそれは果てしない。

わたしの旅装は、南イタリア風とでも言えようものだった。それは一そろいのスーツ、というかスーツもどきの代物で、ナポリでならばこれも一目置かれたのかもしれなかった。しかしながら、十分に思慮深い、十二分に節度あるドイツにおいては、信頼よりも疑念を、好感よりも反感を呼ぶものであるように思われた。二三歳のわたしはなんと無鉄砲で奇想に傾いていたことだろう。

　ここで大胆な、できうるならば卓越した鉛筆をふるい、軽快、自在、闊達な色彩をのせて、あの徒歩旅行をさらりと素描、彩色してみよう。

　わたしのうちに忠実に記憶されているのは、うだるような日向に立っている一群の堅固な農舎、さすらい放浪する若い職人の一行もしくは陽気な仲間たち、パスポートと証明書の検査、吟味を求めてきた、緑服を着た実弾装備の、とはいえ慇懃で人あたりのよい田舎巡査、マイルごとあるいはキロメートルごとに置かれた数々の里程標石、料理の美味しそうな飲食店もしくは美味しく飲食できそうな料理店——そこでわたしは屋外の、こんもりと心地よい庭の緑陰に席を取り、きつね色に揚がったうっとりするほどに魅惑的なウィーン風カツレツを平らげた——、広々とした緑の平坦な土地、零落し破産し荒廃し傾ぎ荒れ果てた人気《ひとけ》のない農場もしくは家屋、その前に積み上げられたすぐれて絵画的かつ詩的な廃物の山、おしよせあふれかえる真昼の灼熱、ある田舎町のそばに立つアカシアの小さな林、その侘しさ寄る辺なさ、堂々たる城館、所領、農園、あるいは、ぎらぎら輝く灼熱の風景に尊大にうかびあがる騎士の居城、すこぶる奇妙奇矯な、珍妙珍奇な一七世紀風の古い街――そのおとぎ話のように夢想的な、心震わすほどに美しい夏の夕まぐれの金色の光に沈む、狭い静かな小路を、わたしはひっそりと歩んだのだった――、洞穴めいたむっとするような食堂に幾度となく入ったこと、そこで出された濃い黒ビール、穴蔵、居酒屋からふたたび外に出たときのこと、のたりのたりと流れる川、続いてふたたび町、その他もろもろの種々雑多なもの。

ヴュルツブルクは他に抜きん出て一見に値する街である。数々の困難を雄々しくも乗り越え耐え忍び、ようやくたどりついた後で、わたしが最初にやったことは、散髪屋に入りしかるべく髭を剃ってもらうことだった。つまるところわたしは、そろそろなにがしかの優雅さを身につける必要がそれなりにあるのではないかと、ひしひしと感じ、予感していたのである。続いてわたしは、高級靴店で上品なブーツを一足買い入れた、というのもわたしが履いていた代物は、せいぜいのところ不審、疑念、侮蔑を呼び起こすのに役立つばかりに思われたのである。そして三つ目に、昼食をしたたかにしたためたい気持ちに駆り立てられ追い立てられ突き動かされたわたしは、目を剝くような厚かましさで、公使補佐官の冷静沈着な物腰で、苦情、困難、障碍の克服にやるかやられるかの覚悟で臨む者の精悍な顔つきで、最上、最高級ホテルのレストランに足を踏み入れたのである。

人びとはわたしの姿を眼にするや、呆気にとられたようだった。

「申し訳ございませんが、当店にご入場されるその前に、まずはこちらでの御用向きをお聞かせ願えますでしょうか？」

品良く黒服を着こんだ紳士、おそらくは支配人その人が、行く手を阻むようにこのいくぶん無粋で挑発的な問いかけを攻撃者、侵入者に向かって投げつけた。しかしながら、まことに強大かつ激烈な脅威にさらされた要塞もしくは陣地を死守せんとするいかなる勇気も豪胆も、もはや役には立たなかった。敵はあまりに強大だったのである。

むろん、ほかならぬわたしのことである！　わたしは言った。

「用向きは何かと問われるのですか？　いったいよくもまあいけしゃあしゃあと質問できるものです、わずかな世事の経験さえあれば、空腹が、それもひどいものすごい空腹が、その可及的速やかなる除去が問題となる場所であると、ひと目でわかるはずのこの場所で。用向きは何かですって！　用向きは食べることです！　ここは、やんごとなき市民の、また貴族の紳士方が、食事をしたため聞こし召す場所とお見受けしました。わたしもまた目下のところ、どうやら極度に、満腹、元気回復を必要としておりますしだいで、それでお許しいただいてここに足を踏み入れたというわけです。というのもわたしは、ここが自分にふさわしいレストランかどうかなど、百年もかけて思案する必要はないと考えているのですから。どうぞ、お構いなく！　さあ、席を用意してもらいましょう！　今この瞬間わたしの食欲が間違いなくそうであるような、かくも重大なる、壮大なる、巨大なる食欲を抱えている場合、素朴で質素な常識に基づくわたしの意見、見解によれば、いかなる館であれ、たとえ最上最高級の館であれ足を踏み入れることは、許されもすれば、当然でもありましょう。」

わたしはすでに店内に突入し、昼餉中の由緒正しき貴族の方々ならびに午餐中の瞠目すべき一流の方々のただ中に腰を下ろしていた。店内は敬意抱かせないではいない大鷹鼻やら眼窩に挟んだガラスの奥より向けられる侮蔑の視線やら眼差しやらでいっぱいだった。食事ホールには凍りつくような美が漂っていた。どこかしらの帝国伯のごとく給仕をうけるわたしの姿は、まちがいなくまったくもって歓迎されざる、衆目の関心の的となっていた。考えうる限りの最上流社会の、選び抜かれたエリートたちの中にあって、これまた選り抜きの遍歴職人じみたわたしの存在はすばらしく際立つものだった。今なおわたしは、満足感とともにそのことを思い出す。というのも若さというものは無比無類のもので、人間は若いときにこそ楽しげな悪戯を喜ばしげにやってのけるだけの、屈託なき反抗心を持ち合わせているのである。まことにわたしたちの人生における、若年時代の思い上がった悪ふざけは、さすがに最良とはとても言えないものの、かといって最悪というわけでもないのである。

とはいえ手持ち乏しく厳しい身でありながら、かくも贅沢に分不相応に暮らすことは、貧弱貧相な金庫に大穴を開けてしまうこと、生活基盤全体を痛ましくも穿ち掘り崩してしまうことを意味するのであって、そういうわけでこの向こう見ずな社交人、遊蕩児もいまや、かつて目にした中でもきわめつけに粗末な安宿で、うら悲しいみすぼらしい夜を越さねばならないはめに陥ったことを認めざるをえなかった。

石のように硬い安宿のぼろベッドに身を横たえるや、ちっちゃな可愛らしい賞むべき愛すべき諸々の生物界の住人の姿で忍び寄り、客人にまとわりつきなんとも奇妙なやり方で楽しませてくれた不快事については、多くの言葉を費やすつもりはない、というのも、これを事細かに叙述、説明することは品のよいことではなかろうというのが、その人のまことに見あげた見解なのである。

わたしはやにわに立ち上がり、開いた窓に歩み寄った。時は真夜中で、悪意に満ちたちっちゃな可愛いならず者たちに奪われてしまった眠りの代わりに、きわめつけに美しい月夜の眺めを存分に味わった、それはアイヒェンドルフ描くところの月夜のようで、名状しがたい美と、魔法めいた蒼く柔らかな雅《みやび》、神々しい静謐を、しのつく雨のように天空の高みからそここに、至るところに、黒々とした屋根に、いくつもの塔に、高く迫り上がった切妻に注いでいた。手琴の音が幽かに響きわたった、この四囲に広がる夜のしじまは、この朗らかで天真爛漫な月夜の静けさは、この深く甘やかな真夜中の魔法は、この清かな安らかな月光の蒼は、この厳しく優しく悦ばしい音楽は、この歓喜のソナタそして月光のソナタは、すばらしかった、まさに天上的だった！　美しい月夜にはいつも、ベートーベンの芸術が生きられているのではないだろうか？　古より最高の芸術は例外なく単純素朴、ごくあたりまえの日々から生まれているのではないだろうか？月夜もまた、王侯にも物乞いにも同じようにプレゼントされる、平々凡々なものなのではないだろうか？

夜が白み始めると、当然のことながらわたしはいそいそと安宿から通りへおりていき、ミュンヘン以来の知り合いで当時ヴュルツブルクに住んでいたダウテンダイを探しに出かけた。

わたしは思慮も一貫性もなく勝手気ままにいきあたりばったりの人に訊いてみればよいと考え、どこかの低い窓からぼんやり外を眺めている人やら、通りを向こうからのんびり歩いてきた人やらに詩人の住所をつぎつぎに訊ね、はじめは冒険に乗り出したような気分だったのがしまいにはもううんざりしながらも、午前中かけてせっせと訊ね回り探し回った結果、ついに彼を見つけ出すことができた。彼はまだベッドにのんびり横になっていた。わたしを見るや、彼は笑い出した、「あなた、なんという格好です！」とわたしに向かって大声で叫ぶと、ベッドから起き上がり、見るからに念を入れて服を着こみ、それから、彼が言ったことはここですぐにもお伝えしようと思うのだけれど、次のような思慮に富んだ言葉を述べたのである。

「あなたの上着はあまりに大胆不敵です。ちょっと待ってください、すぐにも何かないか見てみますから。ここで、わたしの住まいですぐに着替えてください。だって、その身につけているお召しものでは、桃源郷《アルカディア》やら夢の国やら御伽の国でならば散策できましょうが、現実世界、われわれの現代をほっつき回るわけには、まず、いきますまい。ご自分が住まうことを許されている時代をもっと十分に理解することを学ばなくてはいけません。冒険は心の中で存分になされればよいのです。あなたは心の内部、有り様、魂をあまりにはっきり外に出しすぎています。白昼堂々と自分の夢想、奇想を見せつけるのがお好きなのですね。賢いこととは言えません。さあごらんください！　いつお召しになろうと何の不興不快も買わぬスーツです。どうして行く先々で全然目立ちたくもないのに目立つ必要がありましょう。間違いなくあなたは目立つほどに不器用、つまりは不器用を目立たせているだけなのです、そういうわけなので、あるいはわけらしいので、どうかこの点について、あなたに少々講習を行うことをお許しください。

あなたはおよそその頭の中以外のどこにも存在しない国の住人であるように見えますが、悪いことは言いません、ごく素朴な普通の多数の人間の一人に、といいますか、同時代人の一人に見えるようにしなくてはいけません。この言葉に気を悪くなさることはないでしょう、むしろ私が正しいとおわかりになり、私の言うところにこころよく従われることでしょう。あなたが賢い方であることは周知の通り、少々盛んな若気の至りで奇矯な格好をされただけのことでしょう。けれども、奇妙奇矯に見えようとするなど無意味なことなのです。そのような形で人目に立つことは、まったくもって間違いであると言わねばなりません。我々の根本原則によるならば、際立つということに関しては、ただただ能力によって抜きん出ることこそ望ましいのです。こうしたことに関しては、数多くのルールこそ許されているものの、自由はまったくといっていいほど許されていないのです。さあどうです！　ちょっと前に進んでみてください！　風変わりな気配は朗らかに払い落として！　感情や思考が風変わりなら、それでもう十分です。あなたが独特、特異であること、空想豊かであること、規格外をお好みであることを見てとらせる必要はないのです。さもないと、あらゆるところで誤った評価をされ、その自由闊達さゆえに一歩歩むごとに嫌な思いをすることになりましょうが、そんなことをあなたが歓迎なさるはずもないでしょう。」

彼はこう言うと、もしくは言ってしまうと、彼の衣服の山の余りから手持ちから、棚の中から引き出しの中から、次から次へ上着、ズボン、シャツ、ベスト、帽子、白くて硬いカラーを、そしてとても感じの良い蝶ネクタイ、リボンもしくは棒ネクタイの一つを取り出し、わたしはこれらすべてを身につけ、まったく違う、完全に新しい人間に変身するよう強いられたのである。かくして身なりの変更、瞬時なる変身がなされると、わたしの先生にして友人にして親切なパトロンでもある彼は、こう叫んだ、「これでずいぶん見栄えが良くなりました。ではいきましょう。少しばかり散歩することにいたしましょう。」

実際、わたしたちが連れ立って、良い気分、上機嫌で通りへくりだすと、晴れわたった夏空が朗らかに微笑みかけてきた。何人もの人たちがあちらこちらへそぞろ歩いていた。新たな衣装をまとったわたしは王子のような気分だった、かく言うことでわたしは自分が生まれ変わったような気分であったことを詳かにしたいと思う。たしかにエレガントな高いカラーは、少々首元を狭め、締めつけはした。しかしながらわたしは、みずからすすんで礼儀の基本と世の求めに合わすべく、さほど大きくはない犠牲を払うこととし、よろこんで個人的な喜び楽しみのかけらを断念したのだった。かちっとアイロンをかけたカラーをつけるのは人生初めてのことだった。わたしの振舞いはほぼ一目見ただけでもう、敬意表すべき良俗に合致していると認められるものだったので、わたしは四方八方からいわば好意と敬意のこもったまなざしで見られ眺められることとなり、これは必ずしも気分の悪いことではなかった。わたしの休暇用の麦わら帽子、もしくは夏用、避暑地用の上品な帽子は、むろん遠目もしくは近目には道路整備人の帽子のようでもあった。ダウテンダイはしかしわたしに言った、まったく心配はいらないと。このかぶり物がまたとなくすばらしく似合っていることは、いかなる思慮深い人間も確信するところである。危惧するにはおよそあたらないし、疑念もいささかも似合わない、対するに当の帽子はぴったりばっちり似合っていると。

　ほどなくわたしたちはあまたあるヴュルツブルクのワイン蔵、酒場の一つへおりていき、そこでこのうえなく愉快に食べもの飲みものを楽しんだ。涼しく暗い、香りよく物静かな一角に座り、おしゃべりするのはすばらしい気分だった。

　一週間、それより長くも短くもなく、友人の好意あふれる庇護のもとで滞在した美しい街ヴュルツブルクを思い起こすと、わたしは深い満足感に満たされる。ヴュルツブルクの住人は、朗らかながら勤勉、大らかながら礼儀正しいように思われた。すばらしい眺めをみせてくれる堂々とした通りがいくつかあり、往来は生き生きとして、街全体が豊かな緑に感じよく囲まれ、包まれていた。あたり一帯に気持ちのよい、樹々が心地よくざわめく、自由な思想を育んでくれる散歩道が走り、そこをそぞろ歩くのはすばらしい経験だった。ダウテンダイは幾度かわたしを、郊外の葡萄山に優雅に建つ山荘へ案内してくれ、そこでわたしはありがたくも、友好的で教養ある諸々の人びとと知り合うことができ、彼らはこの客人に、見るからに自由で心地よい園地を開放してくれたのである。特筆すべきはわたしたちがともに、領主司教の城館もしくは宮殿を訪れ、数々の至宝、美術品ならびにティエポロのすばらしい壁画を賛嘆したことだった。ゆっくりと注意深く、わたしたちは、かつて賛美を愛した領主司教の一族が住んでいた、あの数々の瞠目すべき広間を抜けて歩いていった。享楽的な絢爛が優雅なる趣味と、繊細なる様式が豪華で気まぐれな富と結びついていた。賛嘆するわたしたちの眼には、宮殿そのものが巨大に思われた。その並々ならぬ広がりは、そのかみの領主のまさにそら恐ろしい絶大なる権力を思わせた。広大な、精巧をきわめた付属庭園はまるでおとぎの国のように思われた。王侯、領主たちはすでに城外において王侯とは何たるかを印象づける術を心得ており、さらに城内の惑乱させるほどの豪奢に足を踏み入れた者は、夢幻のように美しい光景の威力に圧倒されて、領主様に比すれば自分など哀れなちっぽけな取るに足らない、恭順し服従するほかない臣下なのだと、あらゆる苛酷な要求、屈辱的な条件を、ついにはことによると愛するとまでは言わないまでも、じっと耐え忍ぶべく運命づけられているのだと、瞬時にして認めないではいられなかったのである。

それはうっとりするような、夏の一週間だった。わたしがまだお金をもっているか、ダウテンダイは訊いてきた。「いいえ」とわたしは答えた。そんなことだろうと思っていた、とでも言いたげなにこやかな笑みを浮かべると、彼は少しばかりの額を与えてくれた。彼自身、多くを持っているわけではなかったのである。芸術家の懐事情というものは概してよくはないものだ、これは憂うべき状況ではあるけれど、当の彼らが心煩わすことなく快く、兄弟のように与えることを妨げはしない。彼らはそれゆえ受け取る際にも、長く思案するようなことはないのである。

わたしはマイン川に泳ぎにいっただろうか？　もちろん言うまでもなく！　そしてこの機会にヴュルツブルクの名所の一つである、あの古い、感銘深い、彫像で飾られたマイン橋のことにも触れておかねばならないだろう。夜、コンサート庭園の高い樹々の生い茂った枝の下で、ワイングラスやビールジョッキを傾けつつ、モーツァルトなどなどの楽の調べを、うっとり楽しんだのではなかったろうか？　何日も続いていく美しい生温い夜々はすばらしかった、そんなある夜のこと、遅くなりすぎて逗留する建物に入ることが許されなかったわたしは、夜空の下、公園のベンチで一夜を明かしたのだった。夜間、パトロールで巡回している一人の警官が、天然のホテルともいうべき屋外で夜明かする人間を、おそらくはこの眼前の闇中の人間がならず者で公共の危険であるのか、それとも正直者で公共の益であるのか、見きわめる義務があると感じたのだろう、厳しくまじまじとみつめてきた。翌日は眠くてたまらなかった。奇妙な顔やら幻影やら形象やらが、なかにはシェークスピアの『ロメオとジュリエット』の頭のないロメオのような赤黒い姿が、青く晴れわたった昼日中の明るい軽やかな空の下、ぎろりと眼前に浮かび上がったりもした。わたしの寝ぼけた、というより寝不足の眼《まなこ》は赤く輝く東洋に、空想の国に向けられ、わたしが歩いていた、というか少なくともちゃんと歩こうとそれなりに固く決意していたようでもあった地面は、夢幻のようにぐるぐるとわたしの周囲を回転していた。

わたしは自分自身が、まさに救いようのない浮浪者、無為徒食の輩そのものであるように思え、そんな不快な印象がまったくもって面白くなかったので、そろそろ次のような決意を固めることも、まったく不適切というわけではなかろうと心ひそかに考えた、すなわち、近いうちにかくも自堕落な生活に適切な目標を定め、それに応じて、この伯爵閣下もしくはのらくら閣下を――もしもその者が好ましくも必要なる矯正に同意し、ありうべき不精者ならではの抗弁を控えるつもりがあるならば――ふたたび勤労の道へ導いていこうと。

わたしは、日当たりの良い川辺に広がる、絵に描いたように美しい栗の木の茂る庭園で、極上の田舎風パンケーキの美味しそうなグリーンサラダ添えを、食し平らげたのではなかったろうか？　間違いなく！　そしてミュンヘンで絵を学ぶロシア人女性と、肌も眼も黒いアメリカ人女性と、そして現実の、本物の、正真正銘の、片眼鏡を嵌めた枢密院の女性たちと、ぺちゃくちゃおしゃべりをしたのではなかったろうか？　無為徒食の夏の時を過ごしていたわたしは、相当に長い、心情をこめた、燃えるような詩を、ある貴婦人の詩集アルバムに書きつけたのではなかったろうか？　疑いようもなく！　どうして書かないわけがあろう！　全体としてわたしは、まったく役に立たない、目標を持たない、確固たる支えのない、責任感のない、それゆえ必要のない人物を演じていたのではなかろうか？　その通り！

真摯な気持ちに襲われて、わたしは旅立つこと、さらに先の世界へ出てゆくことを決意した。うろつきふらつき回り続けるなかで、それがいかに厳しいものであろうとも、筋の通った、人間としての使命への、名状しがたい憧れを感じるようになっていたのである。わたしは尋常ならず秩序と日々の仕事へ突き動かされていた、他の何ものでもなく、何らかの義務を見つけ全うすることこそをまさに渇望していた。

最後にもう一度、深夜の静かな小路を連れ立って歩き、めいめいが思い思いの考えにふけっていたとき、わたしはダウテンダイに言った、「二〇マルクほどお願いしたいのです、明日早くにベルリンへ旅立つために。」

彼はすぐにその額をくれた。この奇妙な取引と、もの思わしげでもの寂しげな場面を、妖しげな街灯の光が照らし出していた。

「ありがとうございます、こんなことを言うのも、運命がわたしに旅立つよう命じるからなのです。どうぞ、そうなさりたければ、笑い飛ばしてください。真摯に申し上げたというわたしの気持ちは、まったく動じることはありません。思うに、どこかしらに真剣な生の闘いがあって、それはわたしを待っていて、それゆえわたしは行かねばならないのです。怠惰な美、生温い無気力な夏の享楽、だらだら、ぐずぐず、のんべんだらりをこれ以上続けていくわけにはいきません、だってそんなことのために造られたのではないと感じているのですから。むしろわたしはすばらしい、危険な思いつき、幸福な確信に貫かれていて、それがわたしに言うのです、世界をくぐり抜け、その仮借なさをくぐり抜け、道を切り拓いていくようにと、まさに本物の仕事、高貴なる意味が待ちうけている場所に至るまで突き進んでいくようにと。微笑んでいらっしゃいますね、さてはわたしの言葉がひどく熱狂的だと思ってお笑いなのでしょう。しかしわたしは、人生には響き、重みがなくてはいけないと考えているのです、それに思うに、冒険の香りなしには生きていきたくない、という人間もいるのです。どうぞ、お元気で！

想像するにベルリンという街は、わたしを打ち倒し、破滅させるかもしれませんし、成長、繁栄させるかもしれません。荒っぽい、悪意に満ちた生の闘いが支配している街が、わたしには必要なのです。そんな街が、わたしに気合を入れ、生気を与えるでしょう。そんな街がわたしを引き立て、同時に抑えつけるでしょう。そんな街なら、自分だってことによると良い資質がまったくないわけでもないと意識させてくれるでしょう。ベルリンでは早かれ遅かれ、世界がわたしに何を求めているのか、逆にわたしは世界に何を求めねばならないのかを知ることになり、わたしは大いに満足することでしょう。もう、半ばは感じ、見えるようです。が、まだまだ薄闇の中です。それが、あそこベルリンでは、明らかになるでしょう。あそこベルリンでは、ある晩方にあるいは早朝に、望ましいだけの明確さでわかるようになるでしょう。行為すること、試みることが大切なのです！　ベルリンで、渦巻と雑踏のただなかに、心昂った世界都市の喧騒のただなかに、張りつめた繁忙と活動のただなかに、わたしは安らぎを見出すことでしょう。ここでお話ししたことは、確信あってのことですし、わたしはお話ししたことを、わが身で生きることになるでしょう。」

ダウテンダイは親切な言葉で、旅を思いとどまらせようとしたけれども、あらゆる助言にもかかわらず、翌朝わたしは鉄道列車に乗りこんで、定かならぬところへ運ばれて行ったのだった。

ああ、なんとすばらしいことだろう、決心を固め、確信とともに、未知へ踏み出してゆくことは。

インディアンの女性

湖畔は妖精の舞い飛ぶ世界のように美しかった、岸辺ではたくさんの人たちが、夏の夜の美しさと魔力を心ゆくまで味わおうと、あちらへこちらへ散策していた。わたしはと言えば、自分が小ざっぱりした身なりであることを確かめることができて、やっと路地の入りくんだ陰鬱な古びた街から抜け出せた気分になれたところだった。お金と希望はすっからかんも同然だったけれども、そのかわりに、こんな魔法のようなうっとりする夜には、何かしら美しい体験をしてやるのだという気持ちが胸の中でうずいていた。樹々がお化けのような葉影を、歩道に壁に投げかけている駅前通り《バーンホーフシュトラーセ》を歩いていくだけで、もうわたしにとっては冒険だった。実物そのままに象られた葉っぱは、あたかも本物の自然の葉のようにゆらゆら揺れた。薄暗い蒸し暑さのなかで、すべてが囁き震えるようだった。もろもろの夢が目覚め、息づいていた。魂と想念が柔らかな薄物の衣をまとい、夕まぐれの通りの浮かされたような雰囲気のなかをそうっと行き交っていた。

とある宮殿から音楽が流れてきた。わたしは近づいていった。そこはホテルで、庭園でコンサートが開かれているのだった。テラスの上の手すりのすぐ内側には、怒りを湛えた大きな黒い眼をした、暗い表情の女性が座っていて、彼女はわたしにはインディアンの女性であるかのように思われた。彼女の髪と、物思わしげな仕草はすばらしいものだった。わたしは彼女のすぐ前に立ち、あたりを包む漆黒の闇のなかへ退いたかと思うと、やがてまた彼女の前に一歩踏み出した。この遊戯はわたしを愉しませた。女性はわたしに注目し始めた。見も知らぬ男のこの奇矯な行為にひどく驚かされたに違いなかった。

長々と逡巡することなく、わたしは庭園に入り、彼女に歩み寄った、そしてわたしが大胆にも彼女に話しかけたのは、会話を交わすのが嫌なはずはないと確信したからだった。幸いなことにこの点はまったく間違ってはいなかった、わたしが掛けた言葉に彼女が優雅に微笑むさまが認められ、ひとたび笑うや彼女の陰鬱は上機嫌に変わったのである。

「富貴のお方とお見受けしたのですが、もしやわたしを供につれ散策することを、むげに拒んだりはなさらないのではないでしょうか。夜はかくも美しく、あなたはおひとりで座っておられるのですから。」

「お黙りになって、すぐに庭園から出てお行きなさい。ここでは人に聞かれてしまいます。すぐにわたしも行きますから。」と彼女は言った。

わたしは彼女の言葉に従い、その場を離れた。ほどなく彼女がやってくるのが見えた。彼女は長身で、それはすばらしいうっとりするような裳裾をさらさらと後ろに引いていた。わたしに歩み寄ると、手を差しのべて、こう言った。

「大胆な方ですこと！　でも喜んで少しばかりごいっしょに散策しましょう、そんな気分にさせて下さったことに感謝いたしますわ。」

わたしたちは二人して、人びとの間にまぎれこんでゆき、ほどなくして夜の帳のなかへ沈みこみ、また用心しつつ明るい場所に浮かびあがった。

「アメリカのお方ですか？」わたしは訊ねた。

「ええ！」彼女は答えた。

わたしたちが小舟に乗りこむところでは、彼女はこんな言葉すら口から漏らした。

「まるで誘拐されるようですわ。」

彼女はじっとわたしを見つめ続け、わたしもおとらずじっと見つめ返した。彼女は王妃のように小舟に座り、わたしは王妃の小舟をあやつる召使いのようだった。妃はわが身に迫る破滅を逃れるために、落ち行く途上にあるのだった。

わたしがそんな風にひとり空想を逞しくしていると、一艘の小舟が矢のようにこちらへ近づいてきて、すぐそばを掠め過ぎていった。誰ともわからぬ者が一人乗っている姿がおぼろに見えた。インディアンの女性と見知らぬ小舟に乗ったその姿は挨拶を交わした。おたがいに知り合いのようだった。

わたしたちは舳先《へさき》をめぐらせた。「明日、この時間にまたお会いできますこと？ そうであれば嬉しいですわ。」彼女は言った。しかし翌日は雨で、わたしは家から出ることはなかった。

「しめやかな雨にはなやかな裳裾は似合わない」とわたしはひとり思いめぐらせた、それにまた急な話ながら、わたしにはもっと別の事柄が心にかかるようになっていた。そういうわけで、わたしはあの美しい見知らぬ女性も自分自身をも笑いの種にして、これで百回目か二百回目か、つまりはすでに何度もしたように固く心に、これからは冷静に堅実に理性的になろうと誓ったのだった。

遍歴職人

あるときのこと、一人の若い遍歴職人が、明るい甘やかな新緑にとっぷり包まれた優雅な狩猟館の前を通りかかった。足を留めた若者は、空があまりにも美しく青く、城館があまりにも魅惑的だったので、歌いたい気分になって、陽気な快活な潑剌とした旅人の歌を歌った。

その館に住んでいた言うところ独り身の、高貴で上品で裕福な貴婦人がその歌を耳にした。いったい何かしらと思って彼女が瀟洒なバルコニーに出てみると、なんとも若く愛らしい歌い手が、帽子を行儀良く手にとり若々しい頭に金の巻毛をうねらせ、それは屈託なく喜ばしげに彼女を見上げているではないか、その姿を目にした彼女は親切に声をかけないではいられなくなった。実際、彼女はそうすることにして、階上にいらっしゃい、何か食べるものを差し上げましょう、と声をかけたのである。

むろん善良な若者はその言葉を二度とは繰り返させなかった、そのような若者は広い世界を歩き回って、どこかで誰かが、わけてもかくも美しく上品な女性が、かくも感じのよい申し出をしてくれるのを待ち受けているものなのである。ぴょんぴょんと二、三歩跳ねるやもう階上の人となった若者は、好意溢れる歓迎の挨拶とともに、深紅のビロード張りの家具が並ぶ美しい部屋に招じ入れられた。心のこもった温かな眼差しのもと、若者がひとしきり飲み食いを終えると、貴婦人はあなたは何者なのか、何を生業としているのかと若者に訊ね、若者は屈託なくこう答えた。

「わたしはいまだ何者でもありません。わたしの生業は広い世界を歩き回ることです、わたしの将来がどうなるのかは、頭の上の空の方がわたし自身よりもよく知っているでしょう。」

この若者が、そしてその快活で無頓着な返答が、ご婦人にはいたく気に入った。

「しばらくの間、ここに逗留なさってはいかが?」、彼女は訊ねた。若者は何をためらうこともなくはいと諾なって、貴婦人の館に留まることにした。眠るための小部屋が彼に与えられた。ご婦人はまるで母親のように若者の世話をした。毎日、若者のために、鶏肉のライス添え、ベーコンエッグ、ラム肉のカツレツのいんげん添えといった具合に最高最上の料理をこしらえた、そしてそれまで僅かな食事に耐え、粗食を忍んできた若者は、むろんのこともりもりと食べては舌鼓を打ったのである。

気候が穏やかになると、晩方、二人はバルコニーに出て、自然の美しさ、快さを賞でた。そんなときには、月と星々が寡黙な二人を見下ろし、二人は星月を見上げるのだった。あるいは二人は庭園の中で、枝葉を広げ鬱蒼と茂った樹々の下を、心のこもった、親しげな言葉をさまざまに交わしつつ、あちらへこちらへと逍遥し、それまでの人生について衒うことなく語り合い、訊ね合ったのである。

日々はあっという間に過ぎていった。世界は二人にとって心地のよい、邪気のない夢のように思われた。その間にも、若者のことを好きになりずっとそばに置いておきたいと思うようになったご婦人の方は、折りにふれ、若者がひそかに外の世界に憧れている気配を、かつての荒々しい束縛のない生に人知れず焦がれ憔悴している気配を感じとっていた、しかし彼女には訊ねる勇気がなかったのである。

貴婦人は若者に面白可笑しい書物を与えてもみた、これ以上なく煌びやかな衣装を贈ってもみた、しかし若者は衣装を蔑み、書物にも関心を示さなかった。若者の口数はどんどん減っていった。何かが足りないのだった、親切なご婦人のもとでおくる生には、もはや何の喜びも楽しみも感じないのだった。

ある晩のこと、灯りをともした部屋に座っていると、ご婦人が若者に言った、「あなたのことが息子のように大好きなのです。わたしの息子になる気はありませんか？」

「いいえ」、若者は答えた、「明日の早朝には、いいかげんにここを発たなくてはなりません。どうか泣かないでください。話をさせてください。言わせてください、あなたはわたしにそれは過ぎるほどに良くしてくださった、愛情を、友情を、善意をとめどなく注いでくださった。わたしもあなたのことが大好きです、でも広い世界に出て行かなくてはならないのです、世界と闘わなければならないのです。若い人間は甘やかされてはならないのです、こんな安逸な生活を貪っていてはいけないのです。わたしの良心が咎めているのです。ふたたび世界のもろもろの艱難に直面すべく、出発するよう促しているのです、そしてわたしはその言葉に従わなければならないのです。明日の朝には、もうここに、あなたのもとにいてはならないのです。もし一度始めた遍歴を打ち切り永久に放り出し、甘やかされかしずかれ我に課したことを完全に忘れてしまったとしたら、わたしはなんという裏切り者でしょう。あなたには感謝申し上げるとともにお詫びしなくてはなりません。でもわたしは一人の男でいたいのです、そしてその言葉が意味するところをわが身で体験しなければならないのです。」

　このように若者は話し、それに対してはいかなる異議も役に立たなかった。やってきたときのように朗らかに、翌朝、若者は旅立って行き、ほどなくしてその姿は見えなくなつた。

手紙

　郵送されて届いたものの、まだ封を開ける勇気がなかった手紙をポケットに入れて、わたしはゆっくりとした足取りで山を登って、森の中へ入って行った。青の衣装を羽織った優雅な王子さながらの一日だった。至るところで鳥が囀り、緑が萌え、花が咲き、芳香が漂っていた。まるで世界は愛撫、友情、愛情のためだけに造られたかのようだった。青空は善良な眼のようで、そよ風は撫でさする手のようだった。森は深く暗くなるかと思うとまた明るくなり、緑はなんとも若々しく甘美だった。そこでわたしは清らかな、黄土色がかった道に立ちどまり、手紙を取り出し、封を切り、以下の文面を目にしたのだった。

「あなたからの手紙に喜んだというよりギョッとさせられた、とお伝えしなければならないと感じているその者は、あなたが再び手紙を書かれることを望んではおりません。

その女性はあなたがかくも近しく歩み寄る勇気を見せたことに驚くとともに、そのような類の大胆、勇敢、無思慮はこれを限りにやめにしてくださることを希望しております。かつて彼女があなたに、自分のことをどう思っているか知りたがっていると誤解しうるようなサインを送ったことなどあったでしょうか。あなたの心の秘密は――彼女にとってはどうでも良いことだったのですが――彼女をすっかり冷淡にしてしまいました。自分には関心の持てない愛の告白など、何一つ理解できるはずはないのであって、それゆえ彼女はあなたに次のことを意識してもらいたいと思っているのです、つまりは、この手紙の送り主に対して適切なる距離をとっていただきたいということを。これはすぐにもお分かりいただけることと思いますが、ひたすらに敬意を表す限りのものにとどまるべき関係においては、いかなる温もりも無条件に禁じられなければならないのです。」

わたしはかくも悲しい、打ちのめすような内容がしたためられた手紙をゆっくりと折りたたみ、そうしながらもこう叫んだのだった。「自然よ、おまえはなんと善良で慈しみ深く甘美なのだろう！　おまえの大地、草原、森はなんと美しいのだろう！　天にまします神よ、あなたの造られた人間はなんと冷酷なのでしょう。」

わたしはひどく打ちひしがれ、そして、森はかつてないほどに美しく思われた。

夏の生

湖の畔《ほとり》にある、ある名の知られた街に着くと、わたしは部屋を一つ借りた。貸主の女性には、もう最初の晩にキスをした。彼女はランプを手にドアのところに立ち、わたしはそれをキスするのに絶好の機会と考え、そうすることで彼女を愛していることを分からせようとしたのだった。彼女はその繊細な攻撃をいっこうに拒まなかった、むしろ静かにそうするにまかせ、微笑み、幸福だった。

一つの軽はずみが次なる軽はずみを招き寄せた。わたしは感じのよい背広を二着、それに貯めておいたお金をいくらか持っていて、それを浪費してしまおうと決めていた。「どうせそのあとは、辛い仕事が続くのだ」とわたしは独りごちた。わたしは冒険でもしているような気分だったし、実際のところ、それは冒険だった。わたしはある種の大胆さにどんどん慣れてゆき、大いにそれに興じるようになっていった。天気が良かったこともあり、わたしはたまさか吹き寄せられた場所で食事をした。何度も何度も山に登り、緑萌えいずる驚くべき五月の森の、ちょうどおあつらえむきの、まず人が踏み入ってくることのない、感じよく奥まった場所に腰を下ろしては憩ったのだった。

行く先々のいたるところで、羽振りのいい、上機嫌このうえない、少々の愉快な散財などまるで気にしない若旦那のように振る舞ったせいで、人びとはまごうことなき好意で歓待してくれた。むろんそれはわたしとしても願ってもないことだった。

時としてわたしは半日、あるいはまる一日、自室の床に寝転んで、ぴんと張りつめた注意深さで、古い破れかけた大衆雑誌《ガルテンラウベ》の通俗読物を読み耽った。街の通りは眩《まばゆ》いほどに明るい光に照らされ、うっとりするほどに美しかった。わたしがひとかどの遊蕩人のように散策して回ると、同じくあちらこちらへぶらつくいくたりかの人びとは、まるでわたしのうちに旧知の人を見出したかのように、挨拶をよこしてきた。わたしはそれをいたく愉快に思った。

わたしに付かず離れずついてまわった軽々しさは、男性の軽佻浮薄につよく関心を寄せる娘たちにとりわけ受けが良かった。

ある晩のこと、わたしが橋をわたってゆくと、おとぎ話から抜け出たような夜の精が、妖女が、つまりは一人のすらりと背の高い、誑《たぶら》かさんばかりに美しく着飾った女性が、ぬばたまの黒髪をたらし、長い裳裾を引きつつ歩み寄ってきた。その裾はまるで薔薇の花で織られたようだった。高くたくし上げられたスカートは、美しい両脚を豊満な太腿まで惜しみなく見せていた。その髪と両眼は夜よりも深い黒、靴下は雪にもまごう白だった。「一緒にいらっしゃる？」と彼女は訊ねた。訊ねられるまでもなかった。美しい夏の夜、刺激的な夜をゆく不可思議な女の姿とその魂奪う装束は、その瞬間のわたしにとって、ただ一つの、たった一つの美にほかならなかった。そしてその夜そのものをためらわず良しとしたように、わたしはその見知らぬ存在をも迷わず良しとして、この奇異な姿と連れ立って行くことにしたのだった。

　翌日、わたしは駅前通り《バーンホーフシュトラーセ》のとある銀行で、深い考えもなしに、ハンガリーの宝くじを買った。自分の無思考状態がいわば美しくも感じられた、実際のところ、放縦極まりない素行にはどこかしら無垢なところがあるものなのだ。生はそれは優雅な顔つきをして見せた、こいつはいいぞ！　というわけで、わたしはのらくらとご機嫌に過ごしていかねばならぬかのような気分になって、自分もまた朗らかな顔をしてみせたのである。

　そんなふうに無為にわたしは生きていった。むろん自分の振舞いには半ばほどしか納得していなかった、すなわち折り合いがついていたわけではまったくなかったのである。しかし、それなりに世界を愉しむことを禁じるに足るほどに、自分自身に敵意を向けたわけでもなかった。もろもろの書物に書かれた教えを軽視するつもりはなかったけれど、しばしの間、何かしらの規則よりも、生きている世界こそが掟を与えるのだと考える方が、自分には望ましいと思われたのだった。

牧師館

ある徒歩旅行では夕刻に、美しい緑の丘に囲まれた村にやってきた。牧師館の前にきたわたしは呼び鈴を鳴らした。用心深い番犬がひどく吠えかかった。ほどなく牧師とその妻が玄関口に現れた。ふたりは愛想のよい、と同時に怪訝な顔でわたしを見つめた。

「こらこら、うるさいぞ！」と主人は犬に声をかけた。しかしわたしに対してはもの柔らかな落ち着いた言葉で、来訪の意向を訊ねたのである。わたしはとうに自分の旅行帽子を脱いでいた、そして自分が口にすることに、われながらほとんど笑いを抑えられなくなりながらも、以下のように述べたのだった。

「あてのない徒歩旅行の最中に、ちょうどここを通りかかり感じのよい牧師館を前にして、わたしの勘違いでなければ、かつてここに愛らしい娘さんが滞在されていて、今もなお滞在されているのではないかと思い、それでそのお方を訪ねて好もしい言葉をかけたくて、最初は煩わしい客人と思われるのではないかと危惧して少々ためらいはしたものの、ついに意を決してこちらのお宅の呼び鈴を鳴らしたというわけなのです、そういうわけでいまやわたしはまったくの見ず知らずの人間として、喜んで白状いたしますが、わたし自身まったく不快であるわけでもない何がしかの混乱状態でここに立ち、この世界にあってもっとも愛想のよい、もっとも人あたりのよい牧師であるあなたにお尋ねしているのです、もしやその娘さんがここにいらっしゃりはしないかと。

わたしはつまるところ個人的にはその年若いご婦人をまったく存じあげません。けれども、その方をめぐって耳にしたあらゆる事柄ゆえに、そのご婦人には心底、感服、心服しているのです。また彼女の方も周囲にいた人たちから、またわたしに近しい人たちから、このうえなく好ましい快いやり方で、こうしてあなた方の前に立っているどうしようもなく無価値で取るに足らない人間のことを聞き知っているはずで、それはわたしにはほとんどもう、その方に自己紹介をして、あらゆる親交の中でも最高に望ましい優美なる交わりを結ぶという、朗らかなる、おのずからの権利が与えられているといってもいいほどなのです。お許しください、牧師さまそして奥さま、わたしがかくも無思慮にあなた方のお宅の前へ歩いてきたことを。しかしながら、これは知っておいていただきたいのですが、わたしは徒歩旅行の途上では、いつもむしょうに上機嫌で、そのせいでつい、他の人たちも皆そうであろうと思いこんでしまうのです、それに美しい夕闇が、ちょうど牧師さまそして奥さま、あなた方が今わたしをごらんになっているような、もの柔らかな賢そうなまなざしで見つめてきて、それで心底、妙にくつろいだ気持ちになったのです。もしその方がここにいらっしゃるのなら、もしや一瞬顔を出し、姿を見せてくれてもよいのではないでしょうか。」

敬意表すべきふたりの方々はにっこり微笑んだ。

「あなたが知遇を得たいと考えておられるそのお方はここにはおりませんよ」、牧師は答えた、「それにしても、お尋ねしてもよろしければ、あなたはいったいどなたなのですか？」

わたしも微笑まないではいられなかった。このささやかな場面には、隠し立てのない感じよさが、と同時にどこかしらおかしなところがあったのである。

「わたしはかくかくという名の」、わたしは答えた、「しかじかという者です。学問のために世界を歩き回っている学生と思ってくださって構いません。」

「残念でしたな」、牧師が答えて口を開いた、「お探しの方を見つけることができず。」

「またの機会に見つかるようなこともあるでしょう」、わたしは朗らかに答えを返した、そしてわたしのことを頭から足先までまじまじと、とはいえ好意溢れるまなざしで見つめる方々に詫びを述べ、別れの挨拶をすると、先へ歩んで行ったのだった。

マリー

わたしはかつてある時計職人が仕事場として使っていたという小部屋に越してきた。まったくうっとりするような部屋だった、可愛らしさ、心地よさ、住みやすさを形にしたような住まいだったと言っても許されるだろうか？　もちろん！　それは狭い、やけに細長い空間で、それはもうそのなかであちらへこちらへとてくてく散歩できるほどで、わたしは実際、大いにそうやって楽しんだのである。片側にいくつも並んだ窓からは、すばらしい風景を満喫することができた。

家そのものは——それは家とも呼べない、小屋といった言葉で満足せねばならないような建物だったけれど——鉄道線路の近くの、茶褐色の岩のそばにあり、まるで魔女の小屋のような姿をしていた。

実際ここには、バンディ夫人という名の魔女が住んでいた、といっても本当のところは魔女などではなく、聡明な、愛すべき女性だった。彼女は下の一階に住んでいて、一方わたしは上階の屋根裏部屋に居を定め、下宿していた。

わたしは毎日のように、一人の気のいい老人を、つまりは父を目にしていた、白髪の父の姿には胸を打つものがあった。父はお昼どきにはいつも、食後にブラックコーヒーを飲み、日刊新聞を読むことにしていたのだけれど、この日々の習慣は父をうとうと、もしくはこくんこくんとさせるのが常で、目が覚めるやいつも父は、そうなってしまったことに少しばかり腹を立てるのだった。父はまだまだ老人のつもりはなく、すでにかなりの齢になっていることを示すちょっとした徴も、許しがたいのだった。

家には小さな優雅なテラスもしくはベランダが、また、こぎれいな、とても可愛らしい、感じのいい小庭がついていた。東側は古き良き時代の骨壺がならぶ古い墓地の敷地に面していた。西側には湖が広々とひろがっていた。南には旧市街があり、堂々たる邸宅、細長い要塞塔が立ち並び、それぞれに個性のある古い庭園がいくつも広がり、趣深い樅の高木が陰を落としていた。

わたしのむろん少々空想的にすぎる見立てによれば、高度な政治的混乱のために祖国を追われた由緒正しき王子も暫時滞在できそうなこの小部屋に、わたしは当然のことながら大いに、これ以上ないほどに満足していた。美しい夜々にはこの居室もしくは小室は微光に白く包まれた。このうえなく愛らしい月光、情趣あふれる月下のロマンに彩られた、おとぎの国のように美しい、清かな魔法の夜が訪れたのである。

バンディ夫人は物静かで高貴なところがあった、がわたしに向けてくる話はほんのすこしばかり賢《さか》しすぎた。彼女は読書家だった。けれども好みの作家、詩人はわたしのそれとは違っていた、とはいえそれはそもそも当たり前のことだった。性が異なると、趣味も感情も異なるのは当然だろう。バンディ夫人は美しいとはもはや言えなかった、しかしかつての愛嬌はなおはっきりと名残りをとどめており、才気に満ちていた。才気煥発な人の常でときに少しばかり悪意をのぞかせることがあった。時おり少しばかり物を書くことがあったが、だからといって本当の作家というわけではなかった、そうであったらわたしは、率直なところを言えば、少々気まずい思いをすることもあったかもしれない。彼女の口からは少々つっけんどんな表現が飛び出した。眼には人をはねつけるところ、冷たいところがあった。しかしその他の点ではとても感じの良い人だった。総じて言えば、根深い不満を抱えていること、自らを不幸とみなしていることを訴えていた。どうやら人は、自分は不幸であると想像するや、実際に不幸になるのである。彼女はまわりを犬や猫、文学やら物悲しい思いやらで固め、まるで慈悲深い、慰めに満ちた死のお迎えがいまだ来ていないという、ただそれだけの理由で、生きているかのようにみえることもあった。しばしば彼女は、ひそやかな、しかしいっこう止みそうにないすすり泣きに、まさに発作的に襲われることがあった。生から解放されたいと望んでいたのだろうか？　わたしにはわからないし、この点について言うべきことは何もない。わたしの考えでは、あまりに繊細すぎることがらからは、しずかに目を逸らす方がよいのである。

間借り人が好きなように使っていた可愛らしい小部屋と彼のひどく乏しかったと推測される経済力に関わることでは、我が善き父は、ことによるとその過度の几帳面さからか、いくつかの大小の疑念をおおっぴらにすることが適切であると考えた。というのも、父は自分の、疑いようもなく時として厚かましくずうずうしくふてぶてしい息子殿のことが、完全にとは言わないまでも、おそらくはかなり十分にわかっていたのである。

「我が息子よ、お前もいくらか出すことはできるかね？　こんなことを訊ねるのを悪く取らないでおくれ。お前も知ってのとおり、わたしは裕福ではないのだよ」、父はそう言いながら、ひどく心配させるようなやり方で老いた上品な手を耳にやり、このうえなく悲痛な顔をしてみせた。

わたしは笑いながら百フランを机に置き、それでこのきわめて微妙繊細な取引は成立となった。

父が善良にもそのお金をすぐに受け取ることをためらっていたので、わたしはスペイン貴族のように、誇り高く高貴に、「お気づかいなく」と太っ腹なコメントを加え、すると部屋の貸主たる父は手早くワインとグラス二つをとってきて、わたしに一杯のワインを注いだのだけれど、父はそれをある種、ぬぐったように若々しい感じよさ、好ましさでやってのけ、わたしは心底、感嘆した。

父はそもそものところ、外的状況さえ許せば、愛想の良い、生きる喜びに溢れた、礼儀正しい、行儀の良い人間であって、ことにワインを注ぐこと、差し出すことにかけては、まさに達人といってもよかったのである。

まさしく言及され、強調され、詳らかにされねばならないことに触れぬまま、先へ語り続けていくことは許されないだろう、すなわちわたしが、自分は終の住処に腰を落ち着け尻を貼り付けるにはまだ若すぎる、腰を上げ逃げ出し軽々しくも職を投げ打ってもなお許される、つまり単調で変化に乏しい日々の業務の遂行と、単一の無味乾燥で退屈な在所に永遠に縛りつけられるのはまだ早すぎる、というわけで堅実堅固で最上極上の年収月収でもって時期尚早すぎる移動の自由の断念を十分に埋め合わせることはまず難しい、とみずからに言い聞かせてもよかろうと考え、短慮ののちにまことにきらびやかな地位を投げ打ち、飛び出してきたばかりであるということを。

わたしは、およそ考えうる限りの最高最大の歓喜とともに署名されるだろうとの想定のもと差し出された拘束力ある雇用契約書を大胆にも突き返し、そうすることでひどく生意気にもまさに信じがたいやり方で、確実な生を保証してくれるがゆえにある見地からすれば心をそそるはずの、手かせ足かせをはねのけたのだった。

そういうわけで、わたしはいまや一人の親切な老人が快く分け与えてくれた部屋に座っていたのであり、およそ考えうる限りの時間が自由になることで、あるいは森をふらふらぶらぶらうろつきほっつき、そしてこのほっつき歩きについて、折々、望むらくはとても感じの良い文章をしたためていたのである。時にはフランス煙草を紙に巻いて吸ったり、数ある父のパイプの一つを吸ってみたりしたけれど、父がそれを拒むようなことはまったくなかった。わたしは二組のこざっぱりした上下のスーツと、苦労して貯めたなにがしかの金を携えていた。

わたしはおそろしく真摯にこう自分自身に語りかけた。「たとえさしあたりは態度がはっきりとせず、なおしばらくは札つきののらくら者に見えたとしても、わたしは一瞬たりとも疑ったことはないのだ、ほどなくして自分が断固たる決意そのものとなり、誰にもひけをとらぬ雄々しさであらゆる艱難そして赤裸々な生とわたりあう日がくるだろうということを。」

この自分自身との対話をわたしは少なからず誇らしく感じたのだった。

季節は早春だった。明るいお日さまの光の下で、澄んだ早春の大気の中で、人びとと商品が朗らかにさんざめく近くの中央広場はなんともうっとりするような光景だった。あたりを囲む庭園からは、大小さまざまな小路をぬけて、鳥たちの心浮き立たせ蕩かすような、愛くるしいさえずりが響いてきた。馴染みぶかい、懐かしい色彩がそこここに顔をのぞかせ、あらゆるところから愛への希求と悦びが香り漂ってくるようだった。いくつもの、さらにいくつもの声が大きくなり、子どもたちは通りでも広場でも大はしゃぎで遊びまわった。耳に飛びこんでくる音、眼に飛びこんでくる色ことごとくが入り混じり溶け合った。老いも若きもみな、ふだんにも増して友人となり、隣人となったかのようだった。善きものすべてがたがいに親しさを増したようだった。すべてが心地よく刺激され、活気づけられ、生命を与えられていた。ばらばらなもの、ちりぢりのものすべてがつながりあって、好意と幸福に満ちた全体へまとまってゆくかのようだった。歓喜が、善意が、寛大なる恩寵が、朗らかな雅やかな姿で、人びとの間をゆらゆらと散歩しているようだった。

わたしは森の中へ歩いてゆき、花々と小さな愛らしい草々を集め、それを春のちっちゃなかけらさながらに、心ひきつけ語りかけるように箱に飾りつけた。花々の飾りつけの上に、細やかな心情を伝える短い言葉をつづった紙片をのせると、わたしは箱全体を『たくらみと恋』の舞台でルイーゼを演じた若い女優に宛てて送った。

そのほかにもわたしは、そこにはどうやらなにがしかの幸運が関わっていたようだったが、新たな関係を、つまりは人生で初めて文芸雑誌との関係を結んだ。

良さげなお店、良さげでないお店を渡りあるいて、客演旅行を開催、実行、敢行しなくてはならないのではないか、と考えるようなときもあった。それにしてもビールは相変わらず美味であることをやめず、修道僧の生き方をわが身に強いた方が賢明だったのではないか、などとはわたしにはどうしても思えなかったのである。

わが住まいでせっせとペンを動かしていると、たとえばバンディ夫人が、わたしが何をしているのかのぞきに、部屋へ入ってくることがあった。

「伯爵さまはそこで何を書いておられるのかしら?」、揶揄するような口調で彼女が訊ねてきた。わたしは同じ口ぶりで「さまざまなよしなしごとを」と投げ返した。

午後にはたいてい決まって彼女は居間でお茶を入れてくれ、当然ながらそれはいつもおしゃべりをするための機会となった。その時間に彼女が客を迎えることもあった。彼女自身が人を訪ねるときには、わたしがお供をつとめることになった。ちょっとした散歩を共にすることもしばしばだった。

しかしながらそれから時たたずして、わたしはまったく趣の異なる女性と親しく知り合うこととなった。バンディ夫人の場合、ちょっとした発言や仕草に教養ある女性特有のものが顔を出した、しかしもう一人の女性を教養ある人と見なすことは不可能だった。この別の女性についてはすぐにもお話しすることにしたい。

そのまえに触れておきたいのは、眠りにつくこと、朝早く目を覚ますことが、何にもまして大きな歓びだったことだ。お天気の日には、部屋は明るく差しこんでくる陽光に満ち溢れんばかりで、心ゆくまでそれを浴びていることができた。わたしは毎日のように、短めの道のり、長めの道のりを選んで近くの山に登り、そしてそこで、丈高い樹々の茂るすばらしい森の中で、ある日、先ほど触れた奇妙な女性と知り合ったのである。

それは夕暮れどきのことだった、わたしがさまざまな想念に心とらわれつつ、沈んでいく夕陽が、生命力と若さにはじけそうな、深慮にみちたすばらしい緑に、燃えるような金色の光を投げかけるなかを歩んでいると、迫り出した茂みのせいでそれまで見えていなかった女性のすらりとした姿が、不意に眼の前に現れたのである。なんとも怪訝に思い、またひどく驚きもして、わたしは立ち尽くした、というのもかくも不可思議で美しい姿を、わたしはほんの遠目にも、いわんやかくも間近では、眼にしたことがなかったのである。彼女がにこやかに微笑みつつ歩み寄り手を差し出すと、わたしは微塵の他意もなくその手をつかみ、するとその女性は誰にもまったく邪魔されることのないある場所を見せようと言って、わたしを森の茂みの奥深くへ誘《いざな》ったのだった。わたしはなんとも不可思議な、快い気持ちにとらえられた。かつて一度も感じたことのない、そのあとも二度とは感じることのなかった幸福が四方八方から吹き寄せてくるようだった。まるでおとぎの国に入りこんだようで、ひっそりとした森の道沿いに、静かにほっそりと立つ丈高い樅の樹々は、まるで棕櫚の木々のように思われた。わたしの心が向けられたよくわからない何か、善き美しき何かにつきうごかされるようにして、わたしは微かな、穏やかな声でその見知らぬ女性に言った。

「愛しています。どこでもお望みの場所へお連れください。わたしはいかなる意味においてもあなたを信じ、悦びに魂震わせつつわが身をゆだねます。」

愛らしく、しかしなおもひどく真剣に、彼女はわたしをじっと見つめた。わたしが口にした言葉には何も答えず、さらに森の奥へと導いた。彼女がここと選んだらしい、世界から切り離された、四囲を囲まれた恰好の場所にたどりつくと、わたしたちは腰を下ろして、誰に邪魔されることもなく見つめあった、そうするための気持ちも時間も、わたしたちには十分あったのである。時は止まってしまったかのようで、わたしたち二人を包んでいる緑の森は、静かな幸せな恋人たちを楽しませるために飾られた、丈高い、歓喜溢れる、絵のように美しい天蓋と化したかのようだった。わたしたちが寄り添いすわる苔むした地面は柔らかく美しく、王侯の絨毯さながらに見事なものに思われた。ペルシャ絨毯ですら、わたしたちが心ゆくまで寛いだこの愛すべき緑のつつましやかな森の地面ほどには、腰を下ろし休息するよう、優しく強く誘ってはこないだろう。

妨げるもの、害するもの、不安を呼ぶものはことごとく、永久に世界から追いやられ、消え去った。わたしが森の片隅で、快く甘美な森の暗がり囁きのなか、この不可思議な女性と過ごした魔法の刻の喜びに、好ましからぬものは一つとして混じりこみ割りこんではこなかった。ただ夕陽のみがその耽溺的な愛の輝きの名残りとともに、薔薇のようにこの隔絶された悦びの場所に差しこんできた、微かな夕風だけがこのうえなく愛らしく望ましくわたしたちにつきそい、時おり周囲の柔らかな軽やかな葉むらをさわさわさやさやと揺すった。わたしは女性をじっと見つめながらキスをして、彼女はそれを受け入れた。慈しみ深い笑みが彼女の唇に浮かび、わたしは自らの口でそれに触れた。えも言われえぬ安らぎのうちにある魂に、恍惚がはしった。

あなたは誰なのか、名前は何というのかとわたしが問うと、それは別の機会にと彼女は返してきた。はぐらかすようなその返事にわたしは満足した。彼女はどこまでも自然に、衒いなく振る舞っていながら、高貴なる威厳に満ちていた。どこまでも真面目な性格でありながら快活であるようにも思われた。わたしたちはほとんど言葉を交わさないまま、黙して物思いに沈みつつ並び坐っている歓びに満たされていた。厳そかに、美しく、力強く、彼女は坐っていた。「この人は自然の生み出した、世にも稀なる存在らしい。いったいどんなことを考えているのだろう。」わたしは心の中でひとり呟いた。

とうに夜になり、四囲は闇に包まれていた。

「家に帰らなくてはいけないのでは」、彼女が言った。

「あなたは?」、わたしは訊ねた。

彼女は答えた、「ここが、森がわたしの家なのです。」

わたしたちはたがいに別れを告げた。

バンディ夫人はポーランド語の短編を翻訳していた。やらねばならぬ家事の仕事は、比較的わずかな力と時間を要求するにすぎぬようだった。その文学関係の仕事に目を通し、そこここに直しを入れるのを手伝ってはくれないかと言ってくるようなこともあった。わたしは言葉に従った、とはつまり、求められたところを為したのだけれど、その際にはおそろしく退屈してしまい、それゆえに相当に見苦しい大欠伸一つも、不謹慎きわまりない、決して許されざる、なんとも可愛らしい、何マイルもの長さの、家ほどの高さのため息二つ三つも、完全には抑えることができなかった。このポーランド語による産物は、わたしにはあまりにも感傷的に、陰鬱に感じられた。この巨大な短編小説では、黒い、黒い、さらに黒い鴉が、涙、涙、そしてまた涙が、これでもかとばかりにギャアギャアジャブジャブと、うっとうしくもおぞましくも流れまくり、飛び回っていた。おやおや、それくらいにしてもうお黙りなさい、さもないと大変なことになってしまいますよ——つまるところ、この物凄まじい、前代未聞の、悲劇がかった、黒鴉じみた物語は、いずれにしてもわたしの趣味ではなかったのである。とはいうものの、この若いポーランドの作家と、疑いようもなく並々ならず興味深い人物と、ともかくも手紙のやりとりがあったバンディ夫人の言い分に、耳を傾けてみることにしよう。

「なんて厚かましい、恥知らずな人でしょう、あなた、わかっているの？　嘲るようにため息をついたこと、愚かしくも大欠伸をしたことをすぐさま悔いて、わたしに謝るつもりはあるの？　謝るの、謝らないの？　ああ、なんて人でしょう。」

とこのように彼女は言い、わたしが大胆にも白日のもとにさらした、どうにも否定しがたい、あまりにあからさまで軽はずみな、ポーランドに対する敬意の不足、理解の欠如ゆえに、蔑むような目つきでわたしを睨みつけ、もちろんわたしはそれを大声で笑わないではいられなかったのである。むろんわたしは、礼を尽くし、言葉を尽くして、立腹した彼女に許しを乞うた。すると彼女は、「見てごらんなさい、いまにあなたなんて」と言うと、同じく大声で笑ったのだった。

彼女は時おりマンドリンのような楽器を弾くことがあり、それに合わせて歌うこともあった、しかしながら彼女はその歌で誰かしらの耳を愉しませるほどの声はもってはいなかった。対するに、飼っている美しいアンゴラ猫にはすこぶる可愛らしく楽しげに話しかけるのが常で、猫の方も行儀よくじっと耳を澄まして、向けられるどの言葉もわかっているような眼をしていた。

「あなたが日々送っているのはそもそも、自堕落というほかはないのらくら生活ではないの？　恥ずかしいとは思わないの？　自分を責めたことは本当にないの？」、バンディ夫人はあるときこう言ってきた。

わたしはこう言葉を返した、「それは考え方次第でしょう。これまでの軽率にも見えよう人生行路全体に、わたしが満足していないなどということは、まったくもってないのです、自分が誰の邪魔にもなっていないという理由からしても、この先やっていくすべを望むらくは心得ているだろうという理由からしても、さしあたっては何の不満も抱いてはいないのです。」

とはいえ無為にすごし続けていることを、大いに自戒するようなときもあった、だからといってしかしそのことで、過剰に不安に苛まれることはなかった。いつも為すべきことを考えていたし、仕事をしようとも思っていた、しかしだからといって働いたわけでは全然なくて、むしろ相も変わらず、職もなく何一つせず、うろつき回っていた。奇妙なぐあいに沈思、悲哀にとらえられ、日がな種々雑多な想いから逃れることができず、自身の想念に縛り付けられている自分が見えていた。いわばわたしは獄囚でありつつも監獄であり、自らによって狭められ、妨げられ、閉じこめられていると感じていた。わたしは自由でありながら、突然にして、まったくそうでなくなっていた。父の白い髪には深く感じるものがあった。わたしは明るい、広い、開けた健やかな世界へ歩み旅立っていきたくもあったけれど、元来ものぐさでは決してなかったにもかかわらず、そうしたい意欲、衝動がまったく起きなかったのだった。

自分の屋根裏部屋で、屋根裏の珠玉、宝珠、真なる理想ともいうべき部屋で、わたしはバンディ夫人になにがしかの楽しみを提供すべく、短い伝言、手紙、メモをしたためた。書いたものはそのあと、階下の踊り場の郵便箱の中に投げ入れた。そんな短信の一つはこのようなものだった。

親愛なるバンディさん！　ここで階上の自室にいると、ある日のこと、感じのいい、さほど賢そうには見えない若者が、こぎれいな屋根裏部屋に座りひとり夢想していました、と語られ、書かれ、刷られている物語のただ中にいるような気分です。自分が夢の中の形象、想像上の人物のように思えてくることがあるのです。わたしは生きておらず、にもかかわらずぴんぴんしている。どうしてこんな気分になるのでしょうか？　それであなたは、一階に住むあなたの方はどんな様子ですか？　この瞬間、何をなさっているのですか？　あなたの朝食に、千とは言わないまでも百もの喜ばしき朗らかさを！　気持ちよいおひさまの光が、部屋の中に、テーブルの上に、便箋の上に、鼻の先に、この無思慮な言葉を書いているペンの先に射しています。世界はうっとりするほどに美しい、そもそもあなたもそう考えているのではありませんか？　思うにあなたはとても愛らしい女性で、自分はあなたのことが言うなれば本当に大好きであると、わたしははっきりきっぱり申し上げましょう。でもあなたを好もしく思っていることをどうやって証明して見せればいいのでしょう？　わたし自身のことを言うなら、悪辣で狡猾で得体が知れないというよりは善良で愚鈍で正直な男、海千山千ではなくて天真爛漫、ひねくれてはおらずむしろ真っ直ぐ、遺憾ながら重要、主要人物ならぬ意味も意義もない人間だと思っています。全体としてみればわたしは、いまだ証明してみせたことはないものの、気のいい、まずまずの人間といえるのかもしれません。あなたにお願いしたいのですが、わたしは自分が望みさえすれば、事と次第によってはごく感じよい人間になれると思えるものかどうか、試してみてはくださいませんか。ともかくもあなたが、とても感じのよい女性であることに、まったく間違いはありません。

　このような長口舌にバンディ夫人は、大笑いするようなことが時としてあった。そんなとき彼女は銀の鈴さながらにころころくすくす笑うので、その笑い声を耳にするのは、喜びといってもよかった。つまるところ楽しい瞬間というのは、残念なことに鬱々とした気分に苦しめられてばかりいる哀れなわたしたちの体験のなかで、もっとも美しい瞬間なのではないだろうか？

　この頃わたしはある実直な、飾り気のない人とともに、歩いて山を越えたことがあった。はっきりと覚えているところでは、途上では喜ばしい、とても気持ちのよい会話がつむがれ、そこで同伴者たるこの優れた人物は、以下のような考えを開陳してみせたのだった、すなわち、概してわたしたち人間は生涯を通じてある種の熱心な探究、憧憬から自由になることはできないし、そこから自由になろうと努めるべきでもないのだと。幸福を希求するわたしたちの憧れそれ自体、幸福そのものよりもはるかに美しく、常にはるかに繊細で意義深く、それゆえつまるところ、はるかに望ましいのかもしれないと。幸福というものはことによるとそもそも存在する必要がまったくないもので、というのもそれを求めての熱い、喜びに満ちた努力、絶えることなき切なる願望は、事情次第でわたしたちの欲求を完全に満たしてくれるにとどまらず、はるかにぴったりとしっくりとわたしたちが求めるところと一致しているのだと。そしてさらなる問いも心配もないままに幸福であるということは、世界の意味、人生の目的、最終目標ではありえないのだ、などなどと。

「どうしてあなたは一度、そのまま朗らかに、イタリアに歩みを進めてみようとなさらないのですか？　イタリアの空とイタリアの明るい光は、必ずやあなたを害することはなくひたすらに益することでしょう。」

「たしかに、まったくのところ、悪くはないアイデアですね」、わたしは答えた。

その間にも、あの森の見も知らぬ美しい女性のことは頭を離れなかった。自分自身のそばにいるのと同じくらいに、わたしは彼女のすぐそばにいた。自分自身の魂ですら、かくも親しいものではありえなかった。

わたしは丈高い栗の樹下を抜けて白鳥の方へ歩んでいき、この美しい生き物の典雅な趣きに、静やかな誇り、艶やかな羽毛、気品ある姿にじっと見入っていると、またもやもう、実際にこの眼で見、まごうことなきこの手で温もりを感じつつ触れたにもかかわらず、あえかなたまゆらの夢のように眼前に心中に浮ぶ、あの一風変わった麗人をめぐるもろもろの想念にすっかり沈みこんでいるのだった。彼女の姿がたえずつきまとうのと同様に、彼女の昏く愛らしく心地よい声の調べも絶えることなく聞こえていた。美しい奇妙な謎めいた人をめぐる思いは、わが命のようだった。息をすることと彼女を想うことは、同じ一つのことだった。わたしは手すりにもたれ、きわめて精確に、ひどく集中して水面の美しい、虹色にきらめく動きを観察しているかに見えていたが、実際に眼にしていたのは彼女だけ、わたしを抗いがたく引きつけ、わたしの存在、感覚、思考をほしいままに支配する彼女だけだった。

夕刻が、それも美しい夕刻が訪れて、あまたの散歩する男たち女たちが、大通りの心地よい緑蔭をそぞろ歩いていた。あたりぐるりは、夕陽の金の吐息に染まり、夢心地の物思わしげな霞に包まれていた。わたしはバンディ夫人がやってくる姿を目にし、挨拶をしようと歩み寄った。しかしわたしの心はもう一人の女性のもとに、自然の生み出した被造物、森で出会った不可思議な形姿のもとにあった。

バンディ夫人とわたしが、ちょうどほかには誰も使っていないベンチに腰をおろすと、彼女の方が口を開いた。

「わたしが泣いている姿を、すっかり落ちこんで希望を失っている姿を、失われてしまった美しい夢を嘆いている姿を、永遠に失われてしまった愛するに値するもの、生きるに値するものを悼んでいる姿を見たことがあるでしょう。あなたはわたしを好もしく思っていると言ってくれた、というかわからせてくれたこともあったわね。もしわたしが、もうこれ以上生きていられなくなったら、この世にとどまっていられなくなったら、すっかり絶望してしまったら、そうしたら、わたしはすぐにも死のうと決意するだろうけれど、そうする勇気は出せそうにありませんから、そのときにはわたしを殺すという仕事を引き受けてくださるかしら？　そして、わたしと一緒に死んでくださる？　やってくれるかしら、できるかしら？」

「そんな悲しいことは言わないでください。わたしが固く信じるところでは、じっと耐えつつ心穏やかに生にとどまることは、なおも価値あることなのです。だって思うに、多くの美しきことが喪われてしまったとしても、なお美しい時が花開くことはあるのですから。」

こう語る声に、わたしは能う限りの優しさ、そして敬意をこめようと試みた。もしかするとわたしはさらに多くを語ることもできたかもしれない、しかし、そのような場合には、何かしらの単純な、ただ一つの言葉こそ、最上であると感じとるべきであろうと考えたのだった。それにわたしは心中ひそかに、こう考えることも許されるだろうと思ったのだった、「さほど本気で言っているのではないのかもしれない」と。

彼女は立ち上がり、去っていった。

わたしもすぐに腰を上げ、願望に駆り立てられるようにして、心中を満たす再会への思いにはや昂揚した気分になって、急な葡萄山を登っていった。遠方では、白い衣装をまとった侯爵夫人のように、朧ろな幽霊じみた夕べの湖が微光を発していた。ピンク色に燃える夕暮れどきの雲が、広々とひろがった、鏡のように光る、美しい水面の上方に漂っていた。なじみの道にたどり着くやすぐに、まるで遅れてくる者をもうずいぶん長く待っていたかのように、絵画か彫刻からぬけでたかのような彼女が、古めかしい半ば崩れ落ちた壁の上に平然と座っている姿が認められた。彼女を再び眼にする喜びは、意味深い問いのように開かれたその大きな両眼をのぞきこみ、手を差し伸べることが許される幸福と満足にも比するものだった。なんとも好ましい安らぎ、気品、力を備えた彼女は、遥か以前に消え去った黄金時代の人物のようで、わたしたちとは異なる世界の住人であるかに想われた。彼女が体現する力は、萎み衰えることも自らを飾ることも知らぬ点において、ゆえに朽ちることも堕することも、衒うことも褪せることもない点において、母のような姉のような、力強く甘美な、彼女の天真爛漫な笑みの優しさ、美しさ、自在さに似ていて、その笑みにわたしはキスしたくてたまらず、それでわたしはこの世でもっとも柔らかな温かな口、女性の口にキスを試みねばならず、それはまったく拒まれることがなかったのだった。彼女は帽子はかぶっておらず、その髪は、麗しき輝かしき奔流となって波打ちくだり、夕陽の金色に煌めいていた。

わたしたちはともにゆっくりと、ふたたびあのかつての道をたどって、鬱蒼とした森の中へ歩んでいった。わたしはかつてないほどに幸せで、自らのうちに安らいでいた。彼女もわたしを優しく見つめ、自身にもわたしにも満足している様子が、しかと感じられ、認められた。

ほどなくわたしたちは前回同様に、あのまたとない、お気に入りの苔むした片隅に坐り、そこでわたしは彼女をこれ以上なく丁重にそうっと抱きしめ、世にも美しく柔らかな枕のような彼女の優しい善良な胸のそばで憩っていた。この愛らしい姿に細やかに寄りそうこと、その顔に自らの顔を押しつけること、たっぷりと時間をかけそれは自由にそれは愛おしく激しく彼女を抱きしめること、そんなことや別の同じく良きことを為すことができるということ、それはあれこれ考えることなしに、そのための言葉を見出すことなしに、伸び膨らみつつヨットに揺られつつ理想の高みへ上昇していくかのようで、ついには、至福に満たされた者たち憂いなき者たちが住み、絶えざる悦びを享受している土地にしばし逗留するかのようだった。

彼女はわたしの額を撫でて、そうしながら次のように話し、自分が何者であるか語った。

「わたしはマリーという名でエンメンタールの生まれなの。父と母が早くに死んでしまって、子どものときによその手に渡されたの。仕事は勤勉にやったわ、なにしろ身体は強かったの。しばらくして眼にするもの耳にするものすべてが、冷たく、よそよそしく、小さく思えるようになった。人びとが生と呼ぶものは、わたしにはついに理解できなかった。人びとのちょっとしたすすり泣き、ちょっとした笑いがわたしにはどんどんよそよそしいものに、理解しがたいものになっていった。彼らにふと訪れる喜びにわたしは与かることができなかった、彼らの痛みを理解することがわたしにはどうにもできなかった。いつも冷静で落ち着きはらっていた。動揺も不安も届いてはこなかった。何かに不安を抱いたこともなかった。人びとはわたしを避けるようになったわ、まるでわたしが幽霊か何かみたいに。でもわたしは冷静さを失うことはなかったし、これからも失うことはないでしょう。ここの森の中ではとても気持ちがいいの。人間のことは好きにはなれない。といっても、前に言ったように、この森の中に住んでいるわけではないの。下りていった街の中の、とある路地に住んでいます。でもいつもここに引き寄せられるようにして登ってきて、立ったり座ったりで一日を過ごすの。あなたも森のことが好きでしょう。」

「あなたのことと同じく」、わたしは言った。

「わたしは泣いたことがない、でも」と彼女は続けた、「とりたてて楽しい気持ちになったこともないの。そうした違いが、そうしたたくさんのことが、わたしには理解できないの。わたしはいつも真剣だった、あなたが見たように、いつもそう。腹を立てたことも悲しんだこともない。いつも変わらず同じままで、それで人びとはわたしを無関心な女と呼ぶようになった、誰ひとり傷つけたことも害したこともないのに、悪意ある眼差しをわたしに向けるようになったの。人びとはわたしを理解することは決してなく、それでわたしを敵視するようになり腹を立て追い払うようになった、だって人びとは何もかもを知ろうとし、それも即座に理解しようとするのだから。わたしが天空のように愛し信じている沈黙も、わたしへの怒りを燃え上がらせるばかりだった。わたしは自分の落ち着き、自分の沈黙で人びとを傷つけた、でも反抗心から落ち着いていたり、黙っていたりしたわけじゃない。自分の存在で人を侮辱しようとしたことなんて一度だってない。わたしはこんなふうに生まれたの、でも人びとはいつも、あいつはわざとそうしているんだと考える。そんなことは大して気にしていない、あなたがそばにいる今日は、なおさら全然気にならない。あなたはいい人で、わたしを愛していて、信頼している。あなたは落ち着いていて、わたしを恐れていない。」

黙って耳を澄ましたまま、わたしたちは並んで坐っていた、あたりすべてがふたたび闇に包まれて、彼女が小声でこう囁くまでずっと。「さあ、家にお帰りなさい。」

バンディ夫人にはマリーのことは一言も話さなかった、そもそも口に出すことすらしなかった。バンディ夫人はわたしの感じた喜びも、マリーのような女性と付き合う必要も、必ずや微塵たりとも理解しなかっただろう。それにマリーの美しさを描いてみせたところで、別の女性のどこが素敵で魅力的で価値あると思うかを開陳してみせたところで、おそらくは彼女は不機嫌になるだけであり、わたしはそんなことはしたくなかったのである。むしろそのようなことはなんであれ注意深く避けなければならなかった。誰かの自己愛やごくあたりまえの自惚れを傷つけてはばからぬこと、こうしたことや類したことにおいて無礼、無遠慮、無作法であることを、幸いにもわたしは、昔も今も、繊細さを欠いてもいれば賢さに欠けてもいること、野蛮でもあれば愚鈍でもあること、臆病でもあれば残酷でもあることと考えているのである。こんなところで十分だろう、ともかくもわたしは自分の幸福の秘密を注意怠らず、覚られぬようにしておくほうが賢明と考えたのである。繊細な知を洩らしてしまわぬよう、よき状況をもたらす好都合な沈黙に目を留められぬよう、益もなく怒りを招き不快を呼ぶばかりの過ちを犯さぬよう、十分に注意しなくてはならないということがわたしには、よくわかったのである。話すことで何かしら良いこと、好ましいこと、すばらしいことが台無しになり、逆に黙っていても何一つ害になること、悪しきことが起きないとわかっている場合、人は喜んで黙っているものなのである。

マリーはいつも変わらず美しくありのままで、喜ばしくもまた楽しくも彼女とともに過ごすことが許された数々の時は、いつも変わらず十二分にわたしを安らぎで満たしてくれた。

あるときわたしはバンディ夫人と森のほとりを散歩していて、それはマリーを訪ねるときにいつも彼女と出会う場所だったのだけれど、わたしたちは偶然マリーに出くわすことになったのだった。彼女はそのとき珍しくもまた冒険的にも、あるいは気まぐれにも、手に一扇を携えていた。その手首は安物らしくはあったものの、仄光るブレスレットで飾られていた。その優しい両眼からは不可思議な青い海の輝きが放たれていた。それはまさにある人間の愛と幸福のために創られたかのような女性そのままの姿だった。勝利を確信していながらもどこまでもつつましやかな面持ちは女神の面差しを思わせた。軽やかにまた気品高く、雅やかにまた少々ぎこちなく彼女は歩んできて、その歩みは音楽となり、その動きは旋律となり、帽子はまたもやかぶっておらず、服装はごく軽快なもので、美しい身体にはどこまでも自由が与えられていた。

バンディ夫人はマリーにほんの一瞬、嫌悪と軽蔑をこめた不当というほかはなかろうまなざしを走らせた。しかしながらかくもためらいなく示された軽視と無愛想を目撃したわたしはといえば、善良で無学な自然の子に驚愕と侮蔑を投げつけたこの教養女性のことを、ただただ気の毒に思ったのだった、彼女はあの自然児の姿を否定しなければならなかったのである。

わたしはマリーをできる限り繁く訪れた、だからといってバンディ夫人のうちに立派な高尚な女性を見いだし敬することをやめはしなかった、というのも対照的な両者は、まさにそれぞれのあり方において、わたしの心はマリーの方へひかれ、教養への衝動と願望はバンディ夫人が体現する婦人へひきつけられる限りにおいて、いずれも重要に思われたのである。

しかしある日のことマリーは、なんら微かな印も僅かな痕跡も残すことなく姿を消してしまった。これまで居た場所から彼女が消え失せてしまったことは、わたしには理解できないままだった。まるで彼女など存在していなかったかのようだった。なお残されていたのはわずかに、甘美な香り、ナイチンゲールの声音、愛らしい姿、胡蝶のごとき記憶、かすかな夕べの微風にもまごう想い出ばかりだった。わたしは終日、逃亡した住人に打ち捨てられた住まいにも思われた森の中を、おずおずとまたやみくもに探し回って、消え去った人の姿を悲しくも空しくもあちこちに求めて、混乱と不安のなか努力を重ねたのだけれど、得られたものはまったくなかったのだった。

わたしがマリーの姿を眼にすることは二度となく、そうでなくともわたしには、何かしら行動を起こし、あれやこれやの仕事をみつけ、なんらかの安定した職につき、ふたたび目的を定め努力し続けるべき時がいよいよやってきたように思われ、それで荷物をまとめ、別れを告げ、旅立つ決心を固めたのである。

「どちらへいらっしゃるの？」、バンディ夫人が訊ねた。

「まだわたしにもはっきりとはわかりません。ともかくどこかしら今日の文明の、文化の、仕事の、窮乏生活の、洗練された享楽の、現代ならではの優雅さの、教養の中心地の一つへ、喧騒に満ちた都市の一つへ、人びとの間でそれなりの敬意と名声を手にするにはどう始めればいいかを見て学べるようなところへ。」

「もう数日、ここにとどまるのはいかが？」

「いいえ。」

「長くお会いしないことになるかしら？」

「かもしれません。」

「何を体験されるの？　うまくいくかしら？」

「そのうちわかるでしょう。」

「良き友人としてこちらに歩み寄り、お別れの印に優しく行儀よく額にキスをして。」

彼女が望む通りのことをして、わたしたちは別れを告げた。父はわたしに幸運とよき旅を、わたしは父に健康とよき老年を祈念した。そしてわたしは先へ歩んでいった。

トーボルトの人生から

本当のところを言うならば、当時わたしは召使いとして、とある伯爵の所有する城にやってきたのだった。季節は秋だった。

覚えている限りの話ではあるけれど、わたしは熱心、熱意、注意深さにおいて欠けているようなところはいささかもなかった。人びとはわたしに満足していた。むろん、最初は違っていた、最初はぎこちなかったのだ。でもおそらくそれは、どんな人の場合にもいえることだろう。

今日もなお、自分が美しい食事室にしかつめらしく立っている姿が目にうかぶ。真の召使いたるものは、冷静沈着そのもの、注意深さそのままでなければならない。思うに、時とともにわたしは、わが身に求められたあらゆる要望、自らに課せられたあらゆる義務を完璧に満たすようになっていた。人びとはわたしに、きわめて有能との人物証明を出してくれたのである。

城そのものの中はとても感じが良かった。むろん、城というものがすでに、つましい市民出の人間にとっては大いなる魔法である。ああ、わたしがこれまで目にしてきたものは、程度の差はあれこぎれいな小部屋というべきものだった、対して今わたしが見回しているのは広間、それもなんと天井の高い、豪奢な広間であることか。

美々しい居室が次から次へ連なっていた。いわゆる内の間、外の間があった。壮麗な、高貴な建造物では、召使いたちは食事の間、つつましやかな、とはいえ確固たる態度で、食事を召し上がる紳士たちの椅子のすぐ後ろに直立しているのが常である。それが礼儀というものなのだ。良き作法、エチケットのようなものと考えていいだろう。そうした瞬間にはわたしは彫像さながらに立っていて、しかし次の瞬間にはもう、このうえなくきびきびてきぱきと動いたのだった。

食堂では、丈の高い、ほっそりした両開きの扉がすばらしく、紳士たちが歩み寄るやささっと開けられ、入室が終わるやまたすうっと閉じられねばならなかった。

広壮な城全体には気品ある香りが漂っていた、それはなによりも通路という通路、居室という居室を統べている偉大なる静けさからくるもののようだった。伯爵その人も音もなく姿を現したし、召使いたちとなるとなおのことそうだった。

伯爵は上品な方だった。痩身で背が高く、まさに貴族といった醜い顔をしていた。彼の姿を目にするとは、機嫌を損ねぬようびくびくするということだった。

誰彼かまわずおそろしく傲岸な態度をとる城の管理人も、生まれながらの命令者の声とも言うべき、伯爵の峻厳な声をごく遠くから耳にしただけで、もう震え上がった。しかしながら伯爵は善人だった。時に彼を忍び見たようなときには、わたしは、高潔な人であるという印象をはっきりと受けたのだった。

伯爵は独身で、村人たちはこれを声高に嘆いていた。

村はすてきなところだった。わたしはすぐになじむことができた。それもそのはずで、そこはすばらしく故郷の村々を思わせる場所だったのだ。いったいに村というものは世界中どこでも、おたがいに似通っているのではないかと思う。村の小道や表通りは、黄色の落葉で埋めつくされていた、わたしは自由な時間ができると居酒屋「ドイツ皇帝」に陣取ったが、そこのビールはまったくひどいものだった。にもかかわらず、わたしはそれを喉に流しこんでは存分に満足していたのだった。

村の年配のおばあさんたちはわたしの故郷の村のおばあさんたちと寸分違うところはなかったし、つましい庭もまた違わなかった。

城についていうなら、あれは三十年戦争の時代のものだろう。

晩方に、とはつまり夜の時間に、一階にある部屋の灯りをともして、いつも好んでそうしていたように窓を開け放って座っていると、不意に年老いた人がその前に立ち、遠慮なくのぞきこんでくるようなこともあった。それは夜番の老人だった。

いったい彼は幾度煙草で嗄れた声で、わたしと話しこんだことだろう。そしてわたしは幾度おしゃべりのお礼に、彼にグロッシェン硬貨を一つ与えたことだろう。ことによるとこうしたグロッシェン硬貨のせいかもしれないのだけれど、ある日のこと彼はぐでんぐでんに酔い潰れてしまい、職を解かれてしまったのだった。しかし、わたしはこの貧しい老人にただもう好感ばかりを抱いていたのである。

よく部屋で一人きりで机のそばに腰かけ、ひそかに伯爵の図書室からもってきた書物を読み耽っていると、外の黒々とした夜の庭園では雨が降っていた。それがわたしは好きでたまらなかった。好きでなかった、というか腹立たしく思っていたのは部屋の簡易寝台で、幾度となくそいつのせいで快い眠りから引き剝がされるはめになったのである。

伯爵に初めて会ったときのことを忘れるようなことがあるだろうか。

わたしたち従僕、すなわち管理人、近侍、第一召使、第二召使の四人は、漆黒の夜のランプの灯りのもと、玄関扉のわきで主人の到着を待っていた。馬車が玄関先に乗りつけると、わたしたち四人は形式ばったとも言えよう熱意で駆け寄った。ささっと馬車の扉が開かれ、続いて伯爵が従僕たちに抱えられるようにしておろされた、まるで病身ゆえに自分自身を支えることができないかのようだったが、実際のところはそんなことはまったくなかったのである。

そのような形で生まれて初めて一人の偉大な領主の姿を目にしたわたしは、いまや伯爵たるものが夜分に旅先から戻ってくるとき、従僕たちにどのように迎えられるものなのかを知ったのである。

別の機会には、お昼どきに為すこともなく部屋でソファーに腰かけていると、扉が開いた。どうやら部屋を見せようとしたらしく、伯爵が一人の淑女を連れ、わたしの前に立っていた。即座にわたしは起立した。伯爵は、城中の見るに値するものの一つとして、わたしをもまた見せようとしたのだった。女性はとても感じよく微笑んだ。そして二人はまた立ち去っていった。

庭園にはすばらしく美しい樹々が生え、季節は秋で四囲は目の届く限り黄、茶、金色に染まり、樹々の上方にはぬけるような青空が広がっていた。これは思い違いだろうか、それとも、あれほど美しく穏やかな秋を目にしたことはなかったというのは、本当のことなのだろうか。

わたしはどれほどの爽やかな澄んだ秋の大気を、至福とともに胸いっぱいに吸いこんだことだろう、そして晩方に庭園のそこここで立ち尽くすとき、いかに満たされた、安らかな、朗らかな気持ちで、月を見上げたことだろう。

一介の召使いといえども、個人の歓びのためのこのような行為は許されていよう。誰もわたしに風景を愛でることを禁じてはいなかった、というのもわたしはそれ以上とは言わないまでも、それと同じだけの歓びをもって、わたしの義務に、例えばランプの手入れにとりくんでいたのである。

城での体験の中で何がとりわけ興味深いものであったかと問われたならば、わたしはこう答えるだろう、全般的にもまた個々の仕事においても、人びとがわたしを働き者の使える若者とみていることに気づく機会が与えられたことだと。それはわたしにとって大きな歓び、深い満足をもたらしてくれた。ついでに陽気にこう付け加えることもできるかもしれない、二、三人いた召使娘のうちの、ある一人の非常に興味深い人物の知遇を得ることもできたと。とはいえこれは正直なところ、皮肉なコメントといった程度の話である。

わたしにとっては、そもそも召使いとなること、そしてそのような存在としていささかなりとも仕事をきちんとこなすことがすでに、冒険であり、体験であり、興味尽きせぬことだった。召使いたるものは、何かしらを体験する以前に、まずは誠実につつましやかにお仕えしなければならないのであって、自分自身が興味深いだとかお仕えする方が興味深いだとかいうのではなく、ただただ極度に注意深く自らの職務を全うし、人びとが満足してくれるよう努めなければならないのである。わたしは自分の置かれた状況を、およそそのように理解していたのだった。

わたしに興味深く思われたのはきゅっきゅっと磨くランプであって、ぴかぴかに拭きあげねばならない床ほどに、冒険に満ちたもの、注目すべきもの、並外れたものはないように感じられた。そういうわけで、例えばわたしがいつも活き活きと思い返すものといえば、黒々と光る床、その上に揺らめく黄色いお日さまの光なのである。わたしが美しく思い、心惹かれたのは、そうしたものだった。

真の召使いたるものは、物静かで、寡黙で、勤勉で、控えめで、礼儀正しくお休みなさいませ、ご機嫌よろしくとは言うけれど、特別な体験を求めるような傾きは、どこをひっくり返そうと見つかりはしない。彼は稀有な、興奮するような出来事を希求するよりも、むしろ十分なるチップを希求するのであって、珍事、興奮事はその単純素朴な魂にとって、いかなる価値も有してはいないのである。

ちなみにわたしはいかなる人間も、思慮分別に従うならば、並ならぬ体験に憧れるよりもこれを恐れるべきであるとの意見に与している、日々の安らぎと平穏こそ、今日に至ってもなお、この世にあって最上のものなのだ。

　もし、わたしが城で実際に何かしら並ならぬことを体験したとすれば、それは間違いなく、煙突掃除夫のバケツから石炭を拾い上げたことであって、そんなときわたしは必ずといっていいほど真っ黒に汚れてしまい、城の管理人はそれをあつかましくも叱りつけてくるのだった。「トーボルト、いったいなんというありさまです」という彼の問いかけに、わたしは恥知らずにも、石炭を扱うものが黒くなるのは当然のことです、などと返したものだった。

　しかしそうしたことを除けば、すべては上々に平和裡に過ぎていった、食事は、もうまったく言葉にできぬほどに、美味しかった。

　近侍は見るからに近寄りがたい人物だった。伯爵本人を越える尊大ぶりだった。真に偉大な主人たちは、自分が何者なのかを示すにしても、他意なく振舞っていればそれで十分なのであって、これみよがしにプライドを誇示する必要はない。ものものしさとは、疑いようもなく、大物ならぬ小者にこそふさわしい態度なのである。

　伯爵その人はなんと繊細に注意深く自らの所有地、領地を踏みしめていたことだろう。それもなるほどもっともなことで、伯爵は自らが所有するものに深く敬意を払っていたのである。こうした方々にとっては、自所にありながら他所においてよりも品のない振舞いをするなど、およそありえないことなのである。

実際、彼からはもろもろの高貴なる静けさが放たれていて、それは花々の薫り、息吹きのごとく、城内のすみずみに漂っていた。

伯爵に見つめられた者、話しかけられた者は、その眼差しになにがしかの善意、その言葉になにがしかの好意を感じとり、幸福となった。

伯爵はときに意地悪く、嘲笑的な態度をとることもあったけれど、それはむろん同等の者に対するときに限られていた。わたしたちは、自分よりもずっと下に位置する者、自分に従う者に対しては、同等の者に対するよりも寛大な態度を示すものだ。召使いごときに牙をむく必要などないのである。

ここで少々、時代遅れの燕尾服を着せられた時のことを、そしてその格好で、どの側からもしかるべく見えるよう、右に左にくるくる回されたことをお話ししよう。燕尾服はまるであつらえたようにわたしにぴったりで、自分でもこれを着用している姿はなかなかのものだと思いたくなるほどだった。まさに人生最初の燕尾服姿である。服のボタンには伯爵家の紋章があしらわれていた。

ある朝、少々直しをしてもらうべく、わたしは隣村の仕立屋におもむいたことがある。森を抜け、きらめく野を渡っていった、あのうっとりするような朝の散歩を想い起こすと、まるでつい昨日の出来事のようにも思えてくる！

わたしは朝の朗らかな快い冷気をどんなに楽しんだことだろう！　なんと嬉々として歩んでいったことだろう。楽しさのあまり、感激のあまり、ところどころは走り、飛び跳ねていた。熱狂よ、おまえはなんてすばらしいんだろう！　朗らかで、幸せで、大胆で、それどころかわたしは、おそらくはまちがいなく大はしゃぎだった、四肢すべてが、頭のてっぺんから足先まで、心の奥底も、腕も脚も、両手も、頭の中も、両足も、指の先っぽに至るまで。ああ、なんという至福！

そう、人生には自分がどうしてこんなに上機嫌なのか、まったく理解できないときがある。快活な気分は命じられたり望まれたりしてやってくるわけではなくて、それは不意にそこにいて、また飛び来たったときと同じように、勝手気ままに消え去っていく。

城の庭師について言えるのは、絵に描いたように美しい娘がいたということだ。彼自身はえてしてひどく不機嫌で、それは彼が繰り返していたところによれば、残念至極なことに主人の伯爵が、彼の造園術のなせるところをあまりにわずかにしか評価してくれなかったせいであるようだった。

わたしは髭剃り道具を持っていなかったために、たびたび村へ降りて散髪屋に飛びこまねばならず、そこで不満を抱えて窶《やつ》れ果てた、むろんそのせいで依怙地になってしまった一人の男と知り合いになったのだけれど、その男はのちに砂糖を盗んだせいで訴えられ尋問され有罪となり、悲しいことに、とはいえ幸いなことに、無期とはならぬ懲役刑を宣告されたのだった。

このつつましやかな、貧しい小村は、いつもこのうえなく感じよいところだった。しだいに冬が近づいてきた。

城全体は時に客人が溢れかえり、時にすべてが静まりかえり、仕事だらけで腕も手も足りなくなったかと思うと、仕事がまったくなくなり何一つやらなくてもよくなるのだった。

『ホフマン物語』の思い出

わたしは都会の喧騒を離れ、鄙びた静けさに包まれた平坦な低地で、ひっそりと暮らしていた、そこでは畑も森もしんかんとあたり一面に広がり、平野、平地は果てしがないようで、のっぺりひろがった一帯は貼りついた帯さながらに土地割りがされ、広大な領地がたがいに境を接しつつ、のどかに眠りこけていた。

茶、黄、赤に色づいた秋の紅葉、冬の大地を神秘的に包みこむ霧、わたしは朝まだきの暗い庭に落ちてくるしっとりぽってりした大きな雪片を、真っ白に雪化粧した公園を、子どもたち、女たち、鴨たちが路上を行き交う冬の村を目にしたのだった。

わたしは、貧しく病んだ、全世界から見放された不幸な日雇い女が、哀れにも苦しみの床に伏す姿を目にし、ため息を洩らすのを耳にしたのだった。

しんと黙したまま、朧ろな柔らかな冬の陽を浴びる森、丘、野原。点々と散らばる人影、意味もない言葉のかけら、しじまに響きわたる物音。

　ある日、わたしはこうした鄙びた世界、ひっそりとした世界すべてをあとにして、帝都の心惑わせる煌めきのさなかへ踏み入り、ほどなくして奇妙奇天烈なオペラ『ホフマン物語』を観たのだった。

　きらきら煌きわたる陶酔、くらくら惑わせる雅やかな混乱、諸作品を盛りこんだめくるめく優婉な世界のただ中にあって、わたしは自分が瞠目、仰天する農夫の若造であるかのように思われた。

　しかしながら、この天井高いホールがさまざまな夢想と魂の幻想に満たされた小部屋さながらに静まりかえり、音の暴力と芸術がその神にもまごう口を開き、歌い、響き、轟き始めると、まずは序曲の明るくも暗い、喜ばしくも厳かなメロディーがすべての魂に忍び入り、ぎゅっと摑んではさっと解き放ち天上の悦びでこれを籠絡してしまい、続いて男女の芸術家たちの唇から柔らかな温かな歌が鳴り響き、繊細で気品高い魔術的色彩と形象に満ち満ちたイメージが、眼と趣味を恍惚とさせつつ軽やかに朗らかに次々と通り過ぎていき、音楽と絵画がもろもろの心、眼、耳をこの上なく美しいやり方で圧倒し、不意にことごとくが静まりかえったかと思うとまたもや新たに鳴り響き始め、それはかくも美しく響くことをかくも望ましい心地よい暴力で圧倒することをもはや二度とはやめようとしないかのようで、それは苦痛と歓喜の響きが、存在の冒険を映し出すべく生の意味を目に見えるものとすべく天使の姿となって甘美に元気よく音階の梯子を昇り降りするかのようで——

ああ、その時、涙に濡れそぼった熱い両眼に見えるものすべて、心の内に感じるものすべてはすばらしく美しく豊かだった。今や、生のことごとくが完全に停止することも、新たに始まることもできただろう。

なんという現在！　何千もの時間がこの一時間に流れこんだ。それは、そう、美しき、良き、意義深き夕べだった。

新作長編小説

彼らは並外れて尊重すべき人たち、善良で誠実な愛すべき人たちだった、ただなんとも忌まわしいことに、いつも新作長編小説のことを訊ねてくるのだった、これはおぞましいことだった。

通りで、ある顔見知りの尊重すべき人に出くわすとする、ともうその人は話しかけ、問いかけてくるのだ、「それで、新作長編の方はいかがですか？　待ちきれぬ思いの数多くの読者たちが、まだ出ないうちからもう楽しみにしていて、今日のこの日もあなたの新作長編を待ち焦がれているのですよ。そりゃもう無理もない話です、だってあなたはご親切にも、新作長編を執筆中であると仄めかされたのですから。望むらくは早々と出版されますことを、その新作長編とやらを。」

なんと不幸な、残念なわたし！

確かに、わたしは種々様々に匂わせたのだった。それは本当だった。なんとも無思慮、不注意なことに、仄めかしてしまったのだった、わたしのペンの下もしくはペン軸の下から、偉大なる新作長編小説が湧き流れ出しつつあるのだと。

今やわたしはどつぼにはまっている。いかんともしがたくなっている！ まさにおぞましい状況、すさまじい状態に置かれている。

人の集まる場所に赴くや、四方八方から聞こえてくるのだ、「あなたの新しい、分厚い長編小説は、いいかげんいつになったら刊行されるのですか？」

今やわたしは失神昏倒まであと一歩というところだ。

「ああ、思いつかなければよかったのだ、新作長編小説が成長しつつあるだの、花開きつつあるだのと仄めかすなんて」、絶望のどん底で叫ぶ声が、わがうちに響きわたる。わたしの憤怒は恥辱とおなじほどに大きい。ある種の怖気をなんとか組み伏せて、わたしは、かつてそこでの歓迎、歓待ぶりに恍惚とさせられた建物に、なおも折々足を運んだ。

いかなる点においても尊重すべき人物である、わが編集者にとって、わたしはまさしく最大級の心配の大的《おおまと》となったのだった。わたしが彼のところへ行って腰を下ろすと、まるでわたしが「恐るべき子ども」と映っているかのように、彼は決まってなんとも悲しげな、ひどく落胆した眼差しで、わたしを見つめるのだった。その眼差しにわたしが憤怒したことは、誰にでも容易に理解できよう。

この尊重すべき世間人にとって、わたしは憂慮、憂愁の種となったのだった。

あたかもまったく見込みのない事柄を口にするかのように、物柔らかに、物憂げに、幽かなしめやかな埋葬者の声で彼は言った。

「先生の最大級の新作長編小説の具合はいかがですか？」

「ゆっくりとですが進んでおります、むろん前の方へ。」抑揚のない声で、わたしは返事を返した。

わたしはしかし、自分でもその言葉を信じてはおらず、およそ人間の中でももっとも尊重すべき人と言えよう彼も、また信じていなかった。

力なく、気怠く、諦めたように、彼は微笑んだ。

こんな具合に微笑んで見せるのは、輝かしいものすべてを断念しようと決意したことを、相手に分からせようとする人だけなのである。

あるとき彼はこう言った。

「その新作の、大成功間違いなしの長編小説をお持ちになるのでなければ、わたくしのところには、ほとんど、いや、もうまったくもって、いらっしゃるには及びません。

新作長編小説をお持ちになる代わりに、お持ちになるとのお約束ばかりをお持ちになる長編小説家のお姿を拝見するのは、当方としても痛々しいばかりでして、それゆえ、こちらへお越しになるのは、新作長編小説をテーブルの上に置くことができるようになる日まで、どうかご遠慮くださいますよう。」

わたしは打ちのめされた。

「おお、新作の、一読に値する長編小説が生まれつつあるだなどと、仄めかさなければよかったのだ。ああ、持ってきてぽんと机の上に置きもしないものを約束するなんて、思いつかなければよかったのだ。美しくもあれば、どきどきもさせ、だらだらと続きもする長編小説が接近中だの刊行間近だのといった、思わせぶりな言葉は、口にしなければよかったのだ。」

こんな具合に、わたしは大声で叫び、嘆き悲しみ、破滅を味わった。

新作の、驚嘆すべき、無我夢中にさせる長編小説を実際に現実にテーブルの上に置き引き渡す代わりに、必ず持ってくると誠実に約束してみせる小説家、当の現物を書きおろす代わりに、仄めかしたり期待させたりする長編小説作家が舐めるべき悲惨を、わたしは身をもってたっぷり味わったのだった。

社交の世界には、また長編小説家に長編小説のことを訊ねるのをこととする尊重すべき方々には、わたしはもはやわが身を見せるわけにはいかなかった。しかしながらわたしはほどなく、この胸締めつける嘆かわしい状況に突如終止符を打ったのである、ある日、いわば忽然と雲隠れし、旅立つことによって。

天才

昔むかし、一人の天才が日がな一日部屋の中に座り、窓から外を眺め、のらくら者を演じていた。

その天才は、自分が天才であることを知っており、この愚かであらずもがなの知のゆえに、一日、あれこれと考えさせられたのだった。

地位ある人びとはこの哀れな若い天才にお世辞を並べたて、併せてお金も与えたのだった。天才を支えることは、気高くも鷹揚に振舞うお金持ちの方々に、しばし満足感を与えるものである。彼らはしかしながら、「神の恩寵」氏に対し、きちんと謝意を表し、折り目正しく振舞うことを求めもする。

問題となっているわれらが天才はしかしながら、まったくもって感謝も行儀も礼儀も知らず、それどころかその反対、すなわち高慢だった。

何しろ天才なのだからということでお金を受け取る、かてて加えて高慢である、これこそまさに高慢さの極みともいうべき態度である。親愛なる読者よ、わたしはあなたにこう告げよう――こんな天才は化物であると。そしてお願いしよう――こんな天才の支援に加担してはならないと。

当のわれらが天才は、行儀よろしく立居振舞いふさわしく社交場に赴き、面白おかしく才気ひけらかし、紳士淑女を楽しませるべきだったのである。しかしながら彼は、そのような骨の折れる義務の遂行は自ら望んで放棄することにし、むしろ好んで家の中にとどまり、そこでありとあるわがまま、身勝手を頭に思い描いては暇をつぶしていたのである。

なんと惨めたらしい汚らしい悪党！　なんという自尊心、なんという無礼、なんとつつましさを欠いた態度だろう！

才能ある者たちを支援する者なら誰でも、いつなりとありうる襲撃から身を守るべく、短銃を眼前の机上に準備せねばならぬリスクを遅かれ早かれ冒すことになるのである。

わたしの間違いでなければ、ある天才などはある日のこと、彼の善意溢れる、気高き資金提供者に以下のような手紙を書いたのである。

「わたしが天才であり、そうした者として継続的に支援を必要としていることは、十分にご承知のことと思っております。わたしを見捨て、その結果、破滅に追いやるなどという大胆さを、いったいあなたはどこで手に入れられたのでしょうか？　自分には、さらに引き続き手厚い前払いを受ける権利があると、わたしは考えています。この先もわたしが無為徒食の生活を送っていけるだけのものを、折り返し送って下さらぬなら、完全に不幸な人間たるあなたに、どうか災いがありますように。とは言うものの、あなたがまったくの向こう見ずでないことは、それゆえ破廉恥極まりない盗賊じみた諸要求を黙殺されるはずがないことは、わたしにはわかっております。」

こうした類の挑発的な手紙を、愛すべき支援者たち、後援者たちは時たたずして例外なく受け取ったのである、ゆえにわたしは声を大にしてこう叫ぶこととしよう、才能ある者には、何一つ贈ってはならない、与えてもいけないと。

われらが天才はおそらくここで思い知ったはずである、何かを生み出さなくてはならないということを。ところが彼は路上をうろつき回り、何一つ為さないでいることを良しとしたのだった。

これでもかというほどに世に認められ、世に称えられた天才は、いつしか安逸を貪る紳士となったのである。

しかしながら、自らの良心の痛みから、ついにこの天才はいわば才気あふれる自堕落生活から奮い立った。彼はみずからを世界にゆだねた、とはつまり、今いる場所を離れ、旅に出た、そしてあらゆる後援、後ろ盾と縁を切り、ふたたび自分自身となった。

どこかの誰かしらには彼に支援を与える義務があるのだ、などという考えを頭から追い出すことを学ぶことによって、彼は自分の行為に対して、自身の生に対して、ふたたび責任をもつようになっていった。

誠実になろうと高まる気持ち、そして勇気を出そうと昂る気分が如実に認められるようになり、彼を引き上げた、それゆえにこそ人びとは、彼はみじめに没落していきはしないと考えたのだった。

ヴィルケ夫人

ある日のこと、ちょうど良い部屋がないか探していたわたしは、大都市郊外の市電線路のすぐそばに建つ、一風変わった、瀟洒な、かなり古びた、そして思うに、そうとうに荒れ果てた家に足を踏み入れた、その外観を目にするやわたしは、あまりの奇妙さゆえにか、ひどく引きつけられてしまったのである。

わたしがゆっくりと昇っていった明るく広い階段は、かつての優雅を想わせる香りと響きに包まれていた。

いわゆる在りし日の美しさというやつは、ある種の人たちにとっては法外な魅力をもつものである。廃墟にはどこかしら心揺さぶるところがある。貴なるものの痕跡を前にするや、ものを考え、感じる内面は頭《こうべ》を垂れずにはいられなくなるのである。かつて形よく、品よく光り輝いていたものの残滓は、わたしたちのうちに哀れみの情を、しかしまた同時に畏敬の念をよぶものなのだ。過ぎ去ったものよ、崩れ去ったものよ、汝らはなんと心奪うことか！

扉の一つに「ヴィルケ夫人」とあるのを、わたしは認めた。

そっと注意深く呼び鈴を鳴らした。しかし、誰も姿を見せぬ以上、呼び鈴を鳴らしても無駄であることを認めざるをえず、わたしはドアをノックした、と今度は誰かが近づいてきた。

その誰かは、おそろしく用心深く、ゆっくりと扉を開けた。痩せこけて肉の落ちた長身の女性がわたしの前に立ち、聞こえるか聞こえないかの声で問いかけた。

「何かご用ですか？」

奇妙に乾き、掠れた声だった。

「部屋を見せていただきたいのですが。」

「いいですよ。どうぞ、お入りください！」

女性はわたしを部屋へ通じる、奇妙に薄暗い廊下に招じ入れた、当の部屋はその優雅な趣きですぐさまわたしを恍惚とさせた。その空間はいわば高貴で上品で、やけに細長く、代わりに天井はかなり高かった。いくぶんどぎまぎしながらも、訊ねてみた家賃はしごく穏当なもので、それゆえわたしは長く考えることなく、その場で部屋を借りることに決めた。

事がつつがなく運んだせいで、わたしは晴れやかな心持ちになった、少し以前よりひどく苦しめられてきた、ことによるといくぶん変わった精神状態ゆえに、わたしは並ならず疲れ果てていて、安らぐことのできる場所を希求していたのである。探し、求めることすべてに嫌気がさし、意気削がれ、消沈していたわたしには、どのようなそれなりの足場であっても嬉しかった、いかなる小さな休息所の平安であれ、まさに大歓迎しないはずはなかったのである。

「ご職業は?」とご婦人は訊ねた。

「詩人です!」とわたしは答えた。

無言のまま彼女は立ち去った。

「ここには伯爵だって住めると思う」、新たなわが家を慎重に検分しつつ、わたしはひとり無駄口をたたいた。

「絵に描いたように美しいこの空間には」とわたしは言って、さらに独り言を続けた、「喧騒から遠く離れているという間違いなく大きな利点がある。ここはまるで洞穴の中みたいに静かだ。実際、ここならかくまわれている気分になることができる。わたしの心からの願いはどうやら叶えられることになりそうだ。わたしの見るところ、あるいは見ていると思いこんでいるところでは、この部屋はかなり薄暗いといっていいだろう。薄暗い明るさと薄明るい暗さに包まれている。これはまさしく賞むべきことだ。では見せていただきましょう！　どうぞ、遠慮なくごらんください。急ぐ話ではございません。お好きなだけ時間をおとりください！　部屋のところどころで壁布が、悲しくも痛ましくもぽろぽろと垂れ下がっているのでは？　まさにその通り！　だが、まさしくそれがわたしをうっとりさせる、というのもある種のみすぼらしさ、くたびれたさまを、わたしは偏愛しているのだから。ぼろは安んじてぶらさがっていればよい、取り去るなんて、断じて許しはしない、そうしたものが存在することをわたしは、あらゆる点において、認めているのである。想像してみるに、ここにはかつてとある男爵が住んでいたのかもしれない。もしかしたら将校たちがここでシャンパンを飲んだのかもしれない。窓にかかる丈の長いほっそりしたカーテンは、古びて埃っぽいようだ、でも愛らしく波打つ襞は趣味のよさ、細やかな感覚を証している。庭には、窓のすぐ前に、一本の白樺が立っている。夏には緑が部屋の中へ笑いかけてくるだろう、甘美な繊細な枝々の上には美しくさえずる鳥たちが舞い降り、自分自身をそしてわたしを楽しませてくれるだろう。この古い高貴な書き物机も見事なものだ、遠く過ぎ去った、感覚細やかだった時代に作られたものだ。おそらくはわたしはここで、作文、素描、習作、小さな物語、それどころか短編小説だって書くことになるだろう、そしてすぐさま刊行されたしとの願いを添えて、いくつもの峻厳なる、敬意表すべき新聞、雑誌の編集部へ、例えば『北京新報』だとか『メルキュール・ド・フランス』だとかへ送りつけ、華々しい成功をおさめるだろう。

ベッドもまあまあと言えそうだ。こいつに関する、気まずい詮索はやめておく方が賢明だろう。ここにいるとひどく珍妙な、お化けじみた帽子掛けが目につき気にならないではいない、あそこの洗面台の上の鏡は、わたしがどんな姿なのか、日々、忠実に教えてくれるだろう。どうかその姿がいつも目に快いものでありますように。ソファーは古い、とはつまり、心地よく馴染むということだ。新品の家具というのはえてして苛々させるもので、それは新しさが押しつけがましくしゃしゃりでるからだ。オランダの風景画が一幅、スイスの風景画が一幅、見るだに感じよくつつましく壁にかかっている。この二幅の絵をわたしは必ずやくりかえしじっくりとながめることだろう。この居室の空気について、ともかくもありそうなこと、すぐにでも前提とすべき確実なことは、絶体に不可欠であろう本格的な換気については、ここではもう長いこと考えられてこなかったということだ。この部屋が黴臭いのは否定しようのないことだ、でもそれは興味深いことだともわたしは思う。悪い空気を吸うことは、ある種独特の快感をもたらしてくれる。ちなみにわたしは何日も、何か月もの間、窓を開けておくことだってできる、そうすれば、あるべきものよきものは部屋へ吹きこんでくるはずだ。」

「早起きしなくてはいけませんよ。あなたがずっ寝そべったままでいるのは耐えられませんから。」ヴィルケ夫人はわたしに言った。彼女はほかに多くは語らなかった。

わたしはつまるところ、何日もベッドに寝そべっていたのだった。

わたしは調子がよくなかった。破滅に首根っこをつかまれていた。まるでうつ状態で横になっていた。もはや自分がわからず、見つけられなかった。かつての明晰で快活な思考はぼやけ、陰鬱な混乱、無秩序と化していた。意識は、嘆き悲しむ眼の前で、粉々に打ち砕かれたかのように横たわっていた。思考世界、感覚世界は投げ散らかされてぐちゃぐちゃだった。心に立ち現れるものすべてが、死んでいて、空っぽで、希望がなかった。魂も悦びももはやなく、自分が朗らかで元気よく、善良で自信たっぷりで、信心深く幸せだった時期があったと思い出すこともほとんどできなかった。なんと残念な、残念なことだろう！　頭の前にも横にもぐるりにも、およそ展望のかけらすら見あたらなかった。

にもかかわらず、わたしはヴィルケ夫人に早起きすると約束し、実際、ふたたび勤勉に仕事し始めたのだった。

しばしばわたしは近くの樅と松の森にでかけた、その美しさ、神さびた冬の孤独は、わたしを忍びよる絶望から守ってくれるように思われた。樹々からは得もいわれぬ優しい声が語りかけてくるようだった。「この世のすべてが冷酷、虚偽、邪悪だなどという、陰鬱な考えに落ちこんではなりません。ことあるごとにここへ来なさい、森はあなたを慈しんでいます。森に来ることであなたは健やかに朗らかになり、ふたたびより高く、より美しく考えるようになるでしょう。」

わたしは社交の世界には、世界が集う場所、世界を意味する場所には、二度とは足を踏み入れなかった。成功していないという理由から、そこには縁がなかったのである。人びとのもとで成功していない人間には、人びとのもとで求めうるものなどありはしないのだ。

可哀想なヴィルケ夫人、彼女はほどなくして亡くなった。

自分自身、貧しく孤独だった人間は、ほかの貧しく孤独な人間をそれだけよく理解できるようになるものだ。わたしたちは共に生きる人たちの不幸、苦痛、無力、死を阻むことができない以上、少なくともそれを理解することを学ぶべきなのだ。

ある日のこと、ヴィルケ夫人はわたしに手と腕を差し出して、こう囁いた。

「摑んでごらんなさい。氷のように冷たいのです。」

わたしは哀れな、老いた、痩せこけた手を、わたしの手にとった。その手は氷のように冷たかった。

ヴィルケ夫人は自分の住まいの中を、ただもう亡霊のように忍び歩いていた。訪ねてくる人間は一人としていなかった。何日間も独り冷たい部屋に座っていた。

孤独であること、氷のような鋼鉄のような恐怖、生きながらの墓穴暮らしの味わい、仮借なき死の先触れの使者。ああ、自身が孤独である人間にとって、他の誰かの孤独は無関係ではありえない。

わたしがようよう理解し始めたところでは、ヴィルケ夫人はもはや何も食べていなかった。その後この住居を譲り受け、わたしに引き続き部屋で暮らすことを許してくれた女家主は、この見放された女性に同情心から昼と夜に一皿の肉汁を与えたのだけれど、ほどなくヴィルケ夫人はこの世に別れを告げた。彼女は横たわり、動かなくなり、やがて街の病院に運ばれ、その三日後に息をひきとった。

彼女が亡くなって間もないある日の午後、空っぽになった彼女の部屋に踏み入ると、そこは恵み深い夕陽の桃色に明るい、愛撫するような朗らかさに満たされていた。

哀れなご婦人がそれまで身につけていたもの、スカート、帽子、日傘、雨傘がベッドの上に、小さなあえかな杖が床に置かれているのが目に映った。その奇妙な光景を見てわたしは言いようもなく物悲しい気分になった、あまりにもなんとも言えぬ心持ちで、自分自身が死んでしまったようにも思われた、幾度となく優美にも偉大にも思ってきた内容豊かな生全体は、砕け散ってしまうほどに薄っぺらい乏しいものと化していた。過ぎ去ってゆくもの、移ろってゆくものすべてがこれまでになく、近しく感じられた。いまや主人をなくし役に立つこともなくなった事物たちを、夕陽の微笑みに金色に染めあげられた部屋を、わたしは長いことじっと見つめていた、身動きすることも、何一つ理解することもないままに見つめていた。けれどもしばらく黙したまま立ち尽くしていると、わたしは心満たされ、落ち着いてきた。生はわたしの両肩をつかみ、不可思議な眼差しでわたしの両眼を覗きこんできた。世界はいつものように活力にあふれ、最高に美しかった時のように美しかった。わたしはそっとその場を離れ、そして通りへ踏み出した。

部屋小品

わたしの知っているある作家は、ふさわしい題材を見つけ出そうと数週間にわたって無益に煩悶奮闘したあげく、ついに馬鹿げたアイデアに辿りついた、ベッド台の下へ探検旅行に赴こうというのである。

しかしながら、この大胆きわまりない、危険すら伴う企ての成果は――これを敢行した者に誰もがあらかじめ言ってあげることができたはずだったが――ゼロに等しかった。すっかり落胆、意気消沈して、探究心あふれる男は這いつくばった床の上から身を起こすほかなかった、取り立てて言うほどの興味深い題材を発見することがまったくできなかったことを、男は大いに嘆き悲しんだ。

「さて、こうなると何を始めればいいのだろう、哀れな僅かばかりの日々の食いぶちをいったいどうやってこれから稼いでいけばよいのだろう?」不安と気がかりでいっぱいになって、男はひとり自問した。

こうして男が、四方八方より迫り来る精神の闇から逃れる道を見出すべく、あれやこれやと思い煩っていると、突然、ほんの鼻先で、もし遠くからであったなら、いつか生きておめにかかることなどとうてい望めなかったような、それは珍しい興味津々のドラマが演じられているのが目に入った。

灰と黒にカビの生えた壁に、一本の古びた錆び釘が刺さっていて、その釘に一本の雨傘が掛かっていたのである。

「何というものを眼にしていることか」、陶然となった作家は感極まって大声で叫んだ、「これはなんとも信じられぬことだ。私の魂の不死に誓って。わたしはこのうえなく思想に富んだ、このうえなく美しいテーマを見つけたのだ！」

しばし思案することも間を置くこともせず、したたかに頭をかきむしると――これは仕事に向かおうとするたびに彼が好んでやることだった――作家は書き物机に歩み寄り、腰をおろし、やる気満々でペンをひっつかむと、一気に次のような言葉を書きつけた。

「わたしは前代未聞のことを、それなりのあり方において輝かしいことを眼にすることとなった。

遠くへ出かけてゆく必要などなかった。作品はすぐそばにあったのだ。

わたしは物思いに沈んで部屋の中に立っていた。突如、眼に飛びこんできたのは、何やら生に倦んだ、生に疲れたものがぶら下がっている姿だった。

それは、古びた、草臥《くたび》れた、もはやちゃんと支えることもできなくなっている穴から抜けかかった一本の釘で、その釘にはほとんど同じくらい古びた使い古された雨傘がぶら下がっていた。

古びて見るも哀れなものが、もう一つの古びて見るも哀れなものにしがみついているさまを見るということ、よろよろのものが、もう一つのよろよろのものにぶら下がっているのを見つめ観察するということ、あたかもぴったりと身を寄せ合いながら破滅してゆこうと、いつなりと死におもむこうと、冷たい寄る辺ない荒地で抱き合っている二人の物乞いのように。

弱々しいものが、自身が完全に力尽き崩れ落ちるその時まで、弱々しさの中でもう一つの弱々しいものを支えているさまを見ること、惨めなものがその痛ましい惨めさの中で、もう一つの惨めなものにとって、少なくとも自らが完全に破滅してしまうまでの間、取るに足りない支えとなっているのを見ること、それがわたしを深く揺り動かし、打ち震わせた、ここにこのことを躊躇うことなく記しておきたい。」

作家はペンを止めた。書いている間、その手は寒さで硬張《こわば》っていた、というのも、彼には部屋を暖めるだけのお金がなかったのである。

窓の外の首都の通りでは、凍つくような一二月の風が吹き荒んでいた。われらが作家は、書いたものを機械的にじっと見つめると、頬杖をつき、溜息をついた。

ストーブへの演説

わたしはかつてストーブに一席ぶってやったことがある、今なおよく覚えているその演説をここに記しておくことにしたい。

ある日のことわたしは、もろもろの思考に不意を襲われて、落ち着きなく部屋の中をあちこち歩き回っていた。言うなれば道を失い、迷い子となったわたしは、我を取り戻そうと懸命に努めていたのだが、そうしながらもそこここで嘆息は洩れ、不安を隠すことがおよそできなくなっていた。

とそのとき、ストーブがその鉄壁鉄板の揺るぎなき落ち着きで、嘲り微笑えんでいる姿が目に映った。

「おまえは誰に責められるでもない」、憤怒にかられ、怒り心頭わたしは叫んだ、「感情の波に呑まれることもない。不安に苛まれることもなければ、困窮、困惑することもない。」

そうではないか、このでくの坊め、無感情の唐変木め！　おまえは、体も心も動かせず、むろんそれを必要とも感じない、ゆえに、驚くなかれ、われに価値ありとうぬぼれている。

何一つ感じない鈍感、うすのろであればこそ、われは偉大なりと思いこんでいる。

なんとうるわしき尊大さ！

いかなる闘いもわが身で知らぬまま、われこそ男の鑑《かがみ》と思いこんでいる。

なんと輝かしき男ぶり！

まったく何一つ感じないこと、吼える熊のごとく、象のごとくふんぞりかえること、それがおまえのいう男というわけだ。

そんなに長く生きていながら、なんら深みあることを考えた例《ためし》がないゆえに、おまえは厚かましくも、もろもろの悩みと闘わねばならぬ者たちを無思慮無思考に嘲ってしまう。

ほんとうに幸せなお方だよ！

おまえのような奴まで現れる世になろうとは。おまえやその同類たちは、まったく頼りがいのある方々さ。

取っ組み合わないで、闘わないでいられるという、ただそれだけの理由から、おまえは自らを完璧と考えている。

おまえは心が、人間が試される場所に、一度も身を置かないでこられたゆえに、われは弱さには無縁なりなどとうそぶいて、闘いの場に赴けばこそ弱みをさらし過ちを犯してきた者たちを、罵るようなまねができるのだ。

自分の弱さを見ないで済ますためにこそ動こうとせぬ、マッチョの弱虫め、わずかも恥じ入らずに済んでいることを恥じ入るがよい。堅実な事柄に身を捧げることを知らぬ者は、その心肥え太り、その清き良き意志は息絶えるのだ。

わたしの心にかかっているのは、何かしらの名声などよりも、自らの使命だということを知るがよい。決して過ったことがないという厚顔な誉れなどよりも、そちらの方がわたしには大切に思われるのだ。

かつて過ちを犯したことのない者は、かつて善を為したことも、おそらくは、ないのである。

ボタンへの演説

ある日、激しいくしゃみで裂けたボタン穴を繕っていたときのこと、わたしは手慣れた縫い子さながらにせっせと針を動かしながら、ふと、この誠実なるシャツのボタンに、このまめやかつつましやかなるちっちゃな坊やに、何やらもぞもぞと口から飛び出してきた、そのぶん真摯な気持ちから発せられたらしい、以下のような賞賛の言葉を向けることを思いついた。

「親愛なる、ちっちゃなボタンよ」とわたしは言った、「おまえがもう何年にもわたって——ゆうに七年は越していようか——忠実に熱心に地道に仕えてきたこの男は、おまえに対する無視、健忘の数々にもかかわらず僅かな賞め言葉すら求められることのなかったこの男は、いかほどの感謝と賛辞をおまえに負っていることだろう。

それが本日行われることになるのだ、長きにわたる堅忍不抜の全勤務期間を通じ、見栄えよく感じよく照らされたいだの美々しく派手派手しくスポットを浴びたいだのとしゃしゃり出ることもなく、激賞、感動、陶酔を呼ぶほどにつつましやかに目立たなさの極北にとどまり続け、最高に自足しつつ愛すべき誉むべき美徳を実践してきたおまえの価値そして意義を、疑問の余地なく認識させられることとなった今日のこの日に。

おまえが、謹言実直、粉骨砕身こそを礎とする力、誰もが事なすや欲する感謝賞賛など必要とせぬ力を示してくれるのは、なんとすばらしいことだろう！

おまえは微笑んでいる、比類なき者よ、そして見たところおまえはなんと、すでにかなり使い古され、擦り減っているではないか。

愛すべき者よ！　卓越せる者よ！　人間どもはおまえを手本とすべきなのだ、鳴り止まぬ喝采に恋焦がれ中毒となり、誰かの好意好評に甘やかされ持ち上げられ撫でさすられていないと悲嘆、不満、屈辱のあまり今にも倒れ伏し息絶えかねぬ人間どもは。

おまえは生きてゆくことができる、そもそもおまえが存在していることに誰ひとりとしてまったく思いを寄せなかったとしても。

おまえは幸福だ、なぜならつつましさはみずからを幸福で満たすのだから、誠実はそれ自身のうちに安らいでいるのだから。

おまえがそのようにして何ものにもなろうとせぬこと、ただひたすら生活上の課題であり続けていること、少なくともあり続けているように見えること、徹頭徹尾、静かなる義務遂行にわが身を捧げていること、それは馥郁と香る一輪の薔薇とも呼ぶべきものであり、その美しさはおそらくは薔薇自身にも謎であり、その芳香はいかなる意図とも無縁にただ香るのであり、なぜならそれは薔薇に定められたことであり……

すでに述べたように、おまえがありのまま、あるがままであることは、わたしをうっとりとさせ、じんとさせ、わしづかみにし、揺らし動かし、こんなことを考えさせる——好ましからぬ現象に満ち満ちているこの世界にも、見る者を幸福に、快活に、朗らかにする事物はそこここにあるのだと。」

労働者

彼は彼なりのあり方において繊細で気高い人だった。教養のある人だった。ある種の人たちは通常とはまったく違うやり方でその人ならではの教養を身につけるのである。彼は地位が低かったために質素な身なりでうろつくことができた。誰に気にとめられることもなく、誰に注目されることもなかった。彼はそれをすばらしいこと喜ばしいことと考えていた。

言ってみるなら暗くて明るい、朗らかながらも憂い多い道をたどって、彼は華やかな生の傍らを、ゆっくりひっそり歩んで行った。自分のつつましやかな状況を彼は喜ばしく思っていた。

一冊の書物は彼にとって数週間の、ややもすれば数ヶ月にもわたる穏やかな幸せを意味していた。精神と思考は、まるで心根《こころね》の良い女たちのように、親しく彼に寄りそった。

彼は世界の中というより精神の中を生きていた。二重の生を送っていたのである。

自然はさまざまな変化に富む形象、明るい昼と漆黒の夜々によって、数々のひそやかな喜びを彼に与えてくれた。

年若い労働者はつねに感謝の念を忘れることなく、夜はそれを胸に抱いて朗らかに眠りについた。朝は早くからそのままの気持ちで寝床から起き上がり、一日の仕事に向かった。

ところで、わたしたちはなぜ、彼のことを「労働者」と呼ぶのだろうか。これはわたしたちの気まぐれ、ひねくれ、つむじ曲りではないだろうか。この呼び方で彼のことをちゃんと名づけることができているのだろうか。もちろん！

彼は四〇ラッペンを払い、給食所でお昼を食べていた。わたしたちの知る情報が正しければ、食事は貧しく、細くつましく、乏しいものだった。彼の生活は一兵卒のように静やかだった。自分のためというよりも別の何かのための生のようだった、何のためなのかは彼にもしかとはわからなかったが、そのことでそっと引き上げられていると感じることができれば十分だった。

晩にはいつも夢見がちとなった。すばらしく黒々とした夜は神々しいほどに美しく思われた。

そのようなことを彼に言ってくれる人はいなかった。そもそも何かしらの考えを吹き込んでくるような人はいなかった。うっとりするようなすばらしい考えはどれも、あるいは虚空から、あるいはすぐ近くから遠くから降ってきて、その内容ともども彼のものとなった。

彼の外見はその繊細な内的要求を、微塵たりとも語っていなかった。彼の振舞いはその高貴な人格を、ちらとも予感させることはなかった。

彼の知は時とともにいやましに洗練されていった。ただ、ほんの時おり、そのような機会があるときにのみ、彼は衒いなく話し、自分が何者なのかどんな人間なのかを、ごくわずかにのぞかせたのだった。

枯れることなく湧き続ける意欲こそ、彼を解き明かす秘密だった。彼にとって感覚は、不可思議にも秘められた生の歓びの、静かなる源であり泉だった。

社会、政治に関わる意見に関しては、あまりに孤独すぎて持つことはできなかった。またそのようなものは必要としてもいなかった。政治よりもむしろ父のこと、母のこと、自然のこと、生き生きとした愛らしい事物のことを考えた。彼はロマンチックだった、と言うこともできるだろう。

そういうわけで哀れな労働者である彼は、例えば、宮殿やら贅沢三昧やら物持ちの華美装飾やらが好きだった。美しいものならなんでも好きだった。女たちのことも子どもたちのことも、老人たちも若者たちも、それに道も、そして家も。

彼は誠実なもの善きものだけでなく、悪もまた愛していたかもしれない。美しいものだけでなく、美しくないものも愛していたかもしれない。悪と善、美と醜は、彼には切り離すことのできないものだった。

そんなふうに彼は生き、愛していた。ある種の高貴さが彼にはあった。

折にふれて彼は、以下のようなものを創作することもあった。

散文小品二編

一

そこでは人びとは親切だ。助けがいりはしないかとたがいに尋ね合う、美しい心持ちの人びとだ。たがいに無関心に通り過ぎるようなことはないけれど、たがいに面倒をかけるようなこともない。愛に満ちていながらも詮索好きということはなく、たがいに近しくありながらたがいを苦しめることはない。そこでは不幸である者も長くは不幸なまではいない。調子よく過ごしている者もだからといって思い上がることはない。

思考が棲まうところに住む人は、他人の不快に快を感じたり困惑に下衆な愉楽を感じたりはしない。そこでは人の不幸を喜ぶ態度はことごとく恥ずべきものとされ、人が害を被る姿を見るよりは自分自身が害されようとする。そこでは美は、共に生きる者たちに害が及ばない限りで、追求されようとする。誰もがそこでは誰もに対して良きことばかりを望んでいる。自分自身のみに良きことを、自分の妻子のみに良き扱いを望む人間はそこには一人としていない。他の人の妻、そして子どももまた幸せに感じて欲しいのである。

そこでは不幸な人間を眼にするやもう、自身の幸福が粉々になってしまう。隣人への愛が棲まうところでは、人間は一つの家族なのだ。そこでは誰もが幸福でなければ、誰ひとり幸福ではいられない。妬み嫉みは知られていない、復讐などおよそありえないことがらだ。他人を邪魔だてする者はいない。他人に勝ち誇る者もない。

そこでは誰かが弱みをさらしても、さっそくつけこもうとする者はいない。誰もがたがいに配慮している。皆に同じくらいに力があり、ほどほどに力が行使されている。だから強い者、権力ある者も崇め奉られることはない。

そこでは人びとは雅やかで、理性と悟性を傷つけぬリズムで与え受けとる。そこでは最も大切な法律は愛。最前列にくるルールは友情。

貧者、富者は存在しない。健全な人間が住むところには、王も王妃もいたことがない。妻が夫を支配することもなければ、夫が妻を支配することもない。自分が自分を御する以外には、御する者はどこにもいない。

そこではすべてがすべてに仕え、例外なく誰もが痛みを和らげることを望んでいる。享楽を望む者は誰ひとりいない。それゆえ誰もが楽しんでいる。誰もが貧しくあろうとしている。その結果、誰ひとりとして貧しくはない。

そこはすばらしいところ、そんなところで僕は生きたい！　みずからつつしんでいればこそ自由に感じている人たちの間で、たがいを尊重している人たちの間で、不安を抱いていない人たちの間で、僕は生きたい！　でも僕はわかっていなくてはいけない、自分が空想を紡いでいることを。

二

むかし、すべてがとてもゆっくりと進んでゆく世界があった。心地よい、言ってみるなら、健やかな怠惰が人びとの暮らしを支配していた。人びとはさながら無為にそぞろ歩いていた。彼らの行いは物思わしげでだらだらしていた。非人間的に多くを行うことはなく、疲れ磨り減るよう促され強いられることもなかった。人びとの間に慌ただしさ、騒がしさ、度を超えた忙《せわ》しさは見られなかった。奇妙なまでに努力する者はなく、まさにそれゆえに生は好ましかった。

過度に働かねばならぬ者、ひどく高度に活動する者は、生の歓びにとってはおよそ役立たずなのであり、その顔つきは不機嫌で、その考えはことごとく不快で悲しいものなのだ。

無為はあらゆる悪徳の始まりという、月並みで言い古された諺がある。ここで話題となっている人びとは、このようないくぶん声高な諺の主張には、まったく耳を貸さなかった。彼らは逆に反証となることで、この諺をおよそ無意味なものにしたのである。

安全な馴染みの大地でのんびり暮らしてゆくことで、彼らは夢のように美しい安らぎのなか、自らの存在を静かに楽しんだ、そもそも思い及ばなかったがゆえに悪徳にはとんと縁がなかった。彼らが善き人びとであり続けたのは気散じなど知らなかったおかげである。食べるのも飲むのもわずかばかりだった、美食飽食の欲求などさらさらなかったのである。

退屈、すなわち、その言葉が指し示すような状態は、彼らにはまったくもって知られていなかった。もろもろの賢い思念に従いつつ、彼らは真摯に、同時に朗らかに生きていた。平日も日曜も彼らにはなかった、毎日が彼らには同じだった。生は穏やかな流れのように過ぎ去っていき、刺激、気晴らしが足りないと嘆く者はいなかった。

人びとはつましくもあれば幸福でもある生を送っていた。彼らの存在は甘美で、穏やかで、陽光に満ちていた。功名心、名誉欲、虚栄心から離れて暮らす彼らは、三つの恐ろしい病から守られていた、愛なき暮らしとも縁遠い彼らは、人間の生を蝕む疫病を免れていた。

彼らは花のように生き、萎《しぼ》んでいった。彼らは不穏な、扇情的な計画に頭悩ませることも心乱されることもなく、それゆえ果てのない苦しみは、彼らには永遠に疎遠、無縁なままだった。

人びとは静かに死を覚悟していた。死者たちを嘆き悲しむことも、愛する人を失ったわが身を悲しむこともさほどなかった。誰もがたがいに愛し合っていたゆえに、誰か一人が過度に愛されることはなく、それゆえ永訣の痛みもひどく大きくはなかったのだった。

激しい愛は激しい憎悪のあるところにあり、激しい意欲は激しい悲しみから切り離すことができない。理知あるところではすべてが制御されていて、すべては穏やかで、忍耐と分別にとんでいる。

戦争が勃発した。誰もが武器を手に取るべく集合地に集まった。われらが労働者も多くを考えることなくそこへ急いだ。祖国に奉仕しようというとき、いかなる思慮が必要だろう。祖国への奉仕があらゆる思考を消散させたのだ。

ほどなくして彼は整然と列に連なり、生来頑健だったためか、敵に抗すべく戦友と砂ぼこり舞う通りを征くことを、神々しく美しいと感じた。彼は歌いつつ歩を進めていって時を経ずして戦闘に遭遇した。祖国のために斃れた者たちの中にこの労働者がいたのかどうか、それを知る者はいない。

ヘルダーリン

ヘルダーリンは詩作を始めた、しかしどうにもならぬ貧しさゆえに、日々のパン代を稼ぐため、フランクフルトのとある家庭に教育係として赴かねばならなくなった。この点ばかりは、偉大なる美しき魂も一介の職人稼業も違いはないのである。自由へのたぎる思いを彼は売り渡さねばならなかった。王者のごとき大いなる誇りを抑えつけねばならなかった。この過酷な現実がもたらしたのは、内面の引き攣れ、危険きわまりない震え慄きだった。

可愛らしい小奇麗な牢獄に彼は赴いた。

夢想、空想の中をさすらい、自然の懐に身を投じ、樹々の清浄な葉群の下で詩作する至福に昼夜を過ごし、草花と語らい、天空を見上げ、神々しく悠然と流れゆく雲を眺めるべく生を享けた彼が、いまや裕福な家庭の、清潔で市民的な狭い空間にはいりこみ、昂然たる反抗心にとってはおぞましいというほかない、紳士らしく賢く行儀よく振舞うという義務を引き受けたのである。

ぞっとするような気分だった。自分はおしまいだ、投げ売りされたのだと彼は考えた、実際その通りだった。そう、彼はおしまいだった、というのも、いまや否定され隠匿されねばならぬ漲り溢れる活力を、恥知らずにもなかったものとみなすだけの低劣さを、彼は持ち合わせていなかったのだから。

そこで、その時、彼はこなごなに砕け、ちりぢりに破れ、以来、惨めな、哀れむべき病人となった。

ただただ自由の中でのみ生きることができる男、ヘルダーリンは、自分の幸福が破壊されてしまったのを見た、だって自由は失われてしまったのだ。戒めの鎖を引っ張り揺すぶったがむだだった、皮が剥け傷つくだけだった。鎖はびくともしなかった。

英雄は鎖に繋がれた、獅子は行儀よく良い子にしていなければならなかった、ギリシャの王族は市民の部屋をうろつき、可愛らしく壁紙が張られた狭くて小さな四囲の壁は、彼のたぐいまれなる頭脳を押し潰した。

悲しむべき精神の錯乱は実際すでにここで始まっていた、あのおぞましくもゆっくり穏やかに進んでゆく、あますところなき明晰さの崩壊である。うちひしがれた想念は、出口なき絶望から絶望へ、魂切り苛む不安と恐怖の間をよろめきさまよった。まるで光に包まれた天上の世界が、静かに音もなくだらだら崩れ落ちていくようだった。

眼に映る世界はどんより濁ったぶざまな世界となった。せめて惑い戯れに酔い痴れるために、自由を失った際限なき悲しみを忘れるために、鎖に繋がれた奴隷となって檻の中をなすすべもなく行きつ戻りつする獅子の心痛を忘れるために、思いついたのは、奥さまに恋することだった。これは気を紛らわせてくれた、願ってもないことだった、絞め殺され息を止められ亡きものにされた心に、しばし喜びがよみがえった。

ひたすら沈み消え去ってしまった自由の夢ばかりを愛おしみながら、彼は女主人を愛している幻想にひたっていた。彼の意識は砂漠におかれたように乾き荒んでいた。微笑するときには、唇にのせるための笑みを、深い深い岩穴から引きずり上げてこなければならないかのようだった。

彼は病的に子ども時代を懐かしんだ、もう一度この世に生まれ、ふたたび少年になるために、死を乞い願った。彼は詩作した、「わたしが少年だったころ……」。誰もがこのすばらしい歌を知っている。

彼の内なる人間が希望を失い、その存在の痛ましい傷口の数々が血を流すとき、ヘルダーリンの芸術は豪奢な衣装をまとった踊り子さながらに天高く舞い昇った、破滅へ向かいつつあると感じるとき、彼は陶然とするような楽曲を奏で、詩歌を詠んだ。みずからの生の破壊と崩壊を、語る言葉という楽器を用いて、妙なる金色の音にのせて歌った。王侯のみがよく為し得るやり方で、言語芸術の領域においてかつて知られていなかったほどの誇らかな格調高い調子で、彼は失われた権利を、打ち砕かれた幸福を嘆き悲しんだのである。

運命の猛々しい手は、彼を世界から、彼にとってあまりに卑小な諸関係から引きはがし、理解可能な限界の彼方へ、狂気のただ中へ投げこんだ、彼は光の散乱する、鬼火揺らめく、優しい、好もしい深淵の中に、巨人ならではの重みでずぶずぶと沈んでゆき、甘美な放心と不分明の中、とこしえにうつろに眠り続けた。

「ありえないことですわ、ヘルダーリン。」家の奥さまが彼に向って言った、「あなたがお望みになることは、およそ考えられないことばかり。お考えになることはすべて穏当で可能な限度を越えてしまうし、おっしゃることはことごとく手にしうるものを引き裂いてしまう。あなたは健やかであろうとは望んでいないし、健やかでいることなどできはしない。健やかでいることはあなたにはあまりに卑小で、限られた世界に憩うことはあまりに卑屈なのです。あなたにあっては、すべてが深淵、無際限であり、すべては深淵、無際限と化してゆく。世界とあなたはただ一つの大海なのです。

あらゆる安逸を軽蔑すべきものと退ける、あなたを落ち着かせるために、何を言うことができましょう、許されましょう？　あらゆる狭さ、卑小さはあなたを悩ませ病気にする。でもあらゆる広がり、分節なきものは、憩い、楽しみのない天上や奈落へあなたをかっさらってしまう。忍耐はあなたにはふさわしくない、けれど焦燥はあなたを切り刻んでしまう。人びとはあなたのことを崇拝し、愛し、そして、嘆き悲しむ。そういうわけで、あなたには楽しむということができないのね。

あなたを喜ばせるものは何ひとつないというのに、わたしに何ができましょう？

わたしのことを愛していらっしゃるおつもり？

わたしはそうは思いませんし、そう思わぬよう自分を戒めなくてはなりませんし、わたしにそう思わせぬようあなたが自らを戒めていらっしゃることを願わないではいられません。わたしを愛するお気持ちが湧きあがっては来ないのですね、だって、もしそんなお気持ちがあるのなら、あなたは安らかで、穏やかで、幸福でいることができるはずですし、あなたご自身に対してもわたしに対しても落ち着いて振舞えるはずですもの。あなたにとってわたしが何ほどかの意味を持つなどと考える権利は、わたしにはないのです。

さあ、落ち着いて、誠実に、賢明に振舞って下さい。もうあなたのことが怖いばかりになってしまいそう、そんな気持ちになるなんて涙が出てしまいます。どうか熱情は断ち切り、乗り越えて下さい。断固として断念なさることができたなら、どんなに立派に、温雅に、偉大になられることでしょう。あなたの途方もない想像力はあなたご自身を殺してしまう、あなたが人生に思い描いている夢は、あなたから人生そのものを奪ってしまう。偉大さを断念すること、これもまた偉大なことではないでしょうか？

すべてが、そう、痛ましく辛いことなのです。」

こんなふうに彼女は彼に話しかけた。それからヘルダーリンはその家を出てゆき、なおしばし世の中をさまよい歩き、そして二度と癒えることなき精神の闇に沈んでいった。

実施の必要ありと考えた調査に基づいて、われわれは以下のように言うことができるだろう、この詩人はどちらかといえば十分とはいえぬ、つまりは、貧弱な教育しか受けていないと。それゆえ、われわれは次のような問いかけをしても許されるのではないかという印象をもっている。

この詩人は、われわれの見解からすれば、いやしくも詩人である以上、所有していて当然の、わずかばかりの必要不可欠な教養をいったいどこから汲み出して来たのだろうか?

答えはこうである。

この世界には、書物に溢れた読書室という場所が存在する。この読書空間は部分的には、緑に囲まれた場所にあることすらあり、そこで開かれた窓ぎわに腰かけた熱心な読者は、精神のみならず、眼、耳までも楽しませることができ、神に感謝を捧げることとなる。

これに加えて、われわれには有難いことに市立図書館という場所もありはしないだろうか、これは若い品行方正な人間の利用に開かれた、大いに有益な施設である。

ここでわれわれが注目している詩人は、若くしてすでに教養への意欲をのぞかせも、示して見せもしたということであり、これは当然ながら文句なく賞賛すべき点と言わねばならないだろう。

それゆえ、ここで議論の対象となっている者が、一時期、路上を掃いていただの、ゴミ拾いしていただのという巷間の噂には、われわれはごくわずかしか、というよりむしろ、まったくもって信を置いていない。なぜなら、そのような話では真実、事実ならぬ、詩と空想が一役買っているだろうことを、われわれは熟知しているからである。

話題となっている人はむしろ――これが当人にとって少なからず有利な証言になることはまず間違いないと思われるが――一時期、とある名の通った出版社の広告部門に勤務していたことがあり、この事実が十分明らかに示しているように、この詩人の生において中心を占めていたのは、路上でほうきをふるう仕事よりも、オフィスで慎重に几帳面にペンをふるう仕事だったのである。

ここで関心を寄せている人物においては、神経細やかに、優雅に、機敏に紙の上を滑ってゆき、華奢で愛くるしい数字や文章をさまざまに刻みつけてゆく、鋭く尖った、ほっそりしたペン先が、どうやらかつてより決定的に重要な役割を果たしていたと思われるのである。

金槌を打ちつけたり、斧を振り回したりというのは、以前も今も、まったくと言ってよいほどありえない話で、この文章が描き出し、主題にすえようとしている人物がおよそ釘というものと何らかの関係を持ったとすれば、それは、もしや一度、部屋の壁に一幅の絵画を打ちつけ留めたことがあったかもしれぬ、その限りのことであり、以上の話から、何ら躊躇することなく、彼は人生においていまだかつて錠前屋であったことも指物師であったこともなかったと結論づけることに何ら問題はなく、無論、万一そのようなことがあったとしても、それはそれだけのことであり、だからといって悪いわけでは決してないと言えよう。

およそ真剣に取り組まれ、強固な意志で続けられる仕事は何であれ、従事する人間を高貴にする――われわれ、およびわれわれと似通った考えの持ち主は、かくのごとく信ずる立場をとっているのである。

この点において、運送会社が問題になるか、一流銀行が重要となってくるか、それとも、物静かで人目に立たぬ法曹界の仕事（弁護士業）こそ多かれ少なかれ詩人の生に意味をもったのか、そうでないのかを吟味することは、まずはまったく副次的な事柄に違いなく、さしあたりわれわれはそんなことに対しては、はっきりと冷淡な態度をとることとしたい。

われわれがここで関心を寄せているのは、思うに、外的連関よりも内的連関であり、問題にしたいのは、表層的事実よりも注目に値する事実である。確かに、われわれの考えにしたがえば、内的事象がつねに外的事象に関連していることは間違いなく、これは実際、例えば各国政府が、外政のみならず内政も、あるいは逆に内政のみならず外政も扱わねばならぬことが示す通りである。

さしあたってわれわれは、対象人物というか標的たる人が商取引にたずさわっていたこと、そしてそのような人間として、最上の人物証明、最高の金ピカの推薦状を手に入れんと、倦まずたゆまず奮闘し続けていたことを、決して覆ることなき二度と消し去られることなき確実さで確認することができたことに、大いに気を良くしているところなのである。

ちなみに彼は、無論もうずいぶん早い頃から、小さな細い紙片に詩を書きつけることを始めていたようである。どんな天気であっても、どんな時刻であっても、どんな季節であっても、彼は暖房の効いたもしくは効いてないもろもろの部屋、納戸、居室に座りこみ、しばしの間、世界から考えうる限り遠く離れて、多かれ少なかれ楽しい気持ちでみずからの空想に身を委ねていた。

ここで注記しておかなければならないが、われわれはこの詩人に対してはいかなる評価も差し控えることに決めている。われわれは首尾よく知ることができたことを、きちんと伝達しているだけなのである。ともかくもはっきりしていることは、この詩人がきわめて我意の強い振舞いを好んでいたということだ。

なぜそのような態度をとったのだろう？　ふうむ！

何人かの疑いようなく好意的で礼節わきまえた方々が主張していた、今も主張しているところが真実であるならば、すなわち、われらが主人公にして若き文学愛好家が、機敏で職務熱心な簿記係見習いとして某運輸保険会社で働いていた当時、厚い大型本や荘重でもったいぶった台帳に用いられる、あの押し紙もしくは吸い取り紙に、会社の同僚諸氏あるいは上司の方々の敬意表すべき誉れ高き頭部を、好奇心かきたててやまぬドレスデンの絵画館、さもなくばミュンヘンの絵画ギャラリーを創出せんとする勢いでスケッチしていたということが本当であるならば、それは確かにそれ自体としては間違いなく非常に好もしい、これ以上なく興味深い、いやなかなかに痛快なことと言えよう。

しかしながら、われわれはそのような手すさびを独自の作風を表したものと見なすことはできない。これはせいぜいのところ、その他の点では疑いようなく優れた若者に、為すべき義務にさしたる力を注ぐ必要もなかった時間がままあったらしきことを、場合によっては伝えている話にすぎず、やはり、実に遺憾なことと思ってよいのである。

かつて伝えられた、今なお伝えられつつあるところによれば、愉快な肖像画のモデルとなった紳士方の一人は、当の詩人にある時、次のように言ったそうである。

「おやおや、あなたにはどうも才能があるようだ。ならばなぜ、それをさらに磨くためにとっとと、そうですな、ミュンヘンあたりへいらっしゃらないのですか？　この会社の中にあっては、そのような意表をつく芸術活動も、つまるところはただの不謹慎きわまりない振舞いです。こんなところにいては画才は不幸にも萎んでしまう、あなたもお感じになっておられるように、来るべき天才の偉業もしくは所業も、残念ながら、ここでは場違いというものなのです。」

なんとも皮肉っぽい、嘲笑うようなコメントである、それに対して、聞くところではここで叙述されているところの人物はこう答えたそうである。

「自分が、あなたのおっしゃるような生まれながらの画家であるとは、僕にはとても思えません。僕の中にまどろんでいるのはむしろ、書いてゆこうとする並はずれて強い性向、まさに作家となるにふさわしい素質であると思えるのです。光り輝く存在を勝ち取るべく、思い切ってミュンヘンに向かうべしという、率直、誠実なお気持ちに発し、善き意図から生れたはずのご助言に対しては心より感謝いたします。とはいえしかし、言わせていただくならば、僕はミュンヘンへ舵を切り足を踏み出すよりもはるかにずっと、少なくとも同じくらいには、コーカサスへ向けてすぐさま出航、散歩したい気分でして、他のいかなる場所でもなくそちらの方面で、冒険に遭遇できることを望んでいるのです。」

簿記係見習いの職を辞するにあたって、彼に手渡された人物証明の中には、われわれの知る限り、次のような、示唆に富んだ、暗示に満ち満ちた言葉が連ねられていた。

「この人物は非常に有能、誠実、熱心で、義務に忠実で、才能にあふれる人間であることを示してみせました。しかしながら、まったく個人的な希望から、ついに私どもに対してふさわしき距離をとる次第となったのです。吸い取り紙の上に痕跡を残した彼の秀逸なる仕事ぶりを私どもは永久に忘れることはないでしょう。彼の芸術活動は私どもを忘我の境に追いやるほどのものであり、かくも迅速なる退社には、誠に遺憾の念を禁じ得ません。その繊細、精緻なる天賦の才が完全に埋もれ、破滅してしまわぬよう、私どもは当社を離れるよう懇願するほかありませんでした。どうか散歩におもむいてくださるよう心より切に願いつつ、私どもは彼の来るべき困難極まりない人生行路での望みうる限りの幸運を祈念したのです。そして彼が暇を告げることを決意してくれたことに、私どもはもう言葉にできぬほどの満足を覚えております。彼は、簿記の仕事をいつも、彼に期待できる程度には、やっておりました。概して彼の振舞いは、いくばくかのごくささやかな懸念を除けば、不足を感じさせないものでありました。」

想像するところ、この詩人の生においては、尋常ならず頻繁な転職、転居が起こったことと思われる。しかし、われわれはこうした事情にある程度理解を示していることをここで明言しておきたい、なぜなら、詩作こそわが天職と感じる若い魂が自由と運動を必要とするという、事の必然を理解し認めないわけにはいかないからである。

一人の詩人が何があろうと自由と発展を求めないではいられないこと、これはあまりに当然な事態といえよう。自由なき発展などおよそ不可能であると、われわれは重々承知しているのである。同時にわれわれによくわかっていることは、人間の発展は、伸びゆく者を時に不利な状況に追いやることとなしには、決して起こりえないということである。

いまだ明確にはなっていない点は多々あるとしても、われわれはこうしたことは率直に認めようと思う。

論評されている人物は、われわれの知る限り、商業関連の中央職業斡旋所においては、まさに見飽きたといわれるほどによく知られた求職者であった。彼の登場、そして、どこか風変わりであったと言えなくもない人となりは、そこではいつも、ある種の皮肉っぽい笑いを誘うことになっていた。

「詩を書いておられるというのは本当ですかな?」こう彼は尋ねられた。

「はい、そうだと思います、たぶん。」彼は、穏やかに、機嫌よく、またつつましやかにこう答えた。そのような繊細で慎重な返答が人びとの嘲笑を誘うのは明らかで、事実、事はいつもそのように運んだのである。

この詩人は朗読者としてもあちこちで、高貴なご婦人方の関心を呼び、それなりに珍重されていたようだった。自作の詩やらそうでない詩やらを、彼はそれなりの態度と熟達の話芸で朗読し、それは驚きと称賛まではいかなくとも、少なくとも満足と喜びをもたらしたのである。

対するに、豪華でたっぷりというよりは貧弱でわずか、満ち足りているというよりは事欠いていると呼ぶべき状況だったのが、彼が口にできた食事だった。

しかしながら、われわれの考えるところでは、この確かにそれ自体嘆かわしいぱっとしない事実に、過度に力点が置かれるようなことがあってはならない、一人の詩人がソーセージ入りスープのみを口にするのか、メニューにある料理をことごとく食いつくすのかは、かなりどうでもよいことと見なして構わないのだから。やはり常に重要なことと思われるのは、良い詩が生まれるかどうかである。そして良い詩が、控えめで貧弱で僅少な食事の方から生まれ落ち、飛び出してくることはまず間違いのないことであって、この点についてわれわれの確信が揺らぐことはありえない。

詩人には細身の姿がよく似合う。詩人たるもの、精神性際立った姿を見せたいものである。かなり遠く離れたところからでも、どちらかといえば何時間も飽食して過ごしているというよりは、何日間も思考して過ごしていることが見受けられるようでなければならないだろう。でぶっちょの詩人などおよそありえない話である。詩を書くとは、肉《しし》肥えることとならず、食を欠き、食を断つこととなり。この見解からほんの靴幅一つなり、手幅一つなり逸れるなど、とうてい考えられないことであり、今言った点について何か別の考え方をわれわれに強制、強要したところで決してうまくいくことはないだろう。

ちなみに、裕福な気前よい人たちが、折にふれこの詩人を食事に招待したようなこともあったのではないかと思われるが、これはそう想像されるといったところがせいぜいの話である。非常に努力してみたにもかかわらず、この点について証拠を提示することは残念ながら不首尾に終わった次第である。

われわれが調査に成功し、うまく情報を入手した限りで言えば、彼はきわめてやりくり上手の倹約家であり、のみならず、あれやこれやの点においては、少々吝嗇ですらあったかもしれない。

出費、経費、雑費は、彼の場合、驚くほどに僅少であった。毎年毎年、彼が仕立屋、医師に稼がせた額はほとんどゼロと言ってよいだろう。

徒歩旅行のこよなき、まめまめしき友たる彼がしげく訪れたのは靴職人であり、そこでこそ、擦り減り穴の開いた靴を修繕し、原状に復するという重要な依頼がなされたのである。

衣服に関して言うならば、彼が羽織っていたのはたいてい貰いものの背広だった。やむを得ず薬剤師のところへ飛んでいくようなことは起こらなかった、健康面になんら問題はなく、それゆえ体調不良となるようなことも絶えてなかったからで、もちろんこれは大変好都合なことと言わねばならなかった。おかげでお金も、また時間も切りつめることができた。むろん、医師の方で彼を誉めることはできかねたわけではあるが。これについてはわれわれは、人間、残念なことに誰をも満足させることはできないのだ、というあのよく知られた古よりの格言を思い出すばかりである。どんなすばらしい人間も、どこかしらで何かしら不興を買ってしまうものなのである。

政治に対して、彼がどのような姿勢をとっていたかについては、さしあたりは調査しないでおくことにしたい。熱心に教会通いをしていたかどうかについても、同様に調査、問い合わせは止めておこう。彼の関心事は、日常のこと、平常のこと、有益なこと、役に立つこと、実際上のことだった。この性向は父から受け継いだようである。

「成長してゆく子どもに、父母は生涯を通じて忍び寄ってくる」――事あるごとにわれわれはこう考え、機会あるごとに口にしたものだ。学校と生家の影響は甚大なものである。両親の性格上の特異な点となると……これは意味深長な話であり、できれば触れないで済ますこととしたい。

ともかくも、とりわけ父親からは、ひとつまみほど皮肉屋の性分が受け継がれ、これはご主人、女主人に対する従順な小犬、時に打擲を受けようとも付き従い離れようとしない小犬のように、彼の後を追いかけていっては、そばに忠実にひかえていた。

われわれが勘違いしているのでなければ、かつて彼は一週間ほど電力会社の事務所で働いていたことがあった。このまれにみるほど短い試用期間が過ぎた後、社長は彼を社長室へ呼びつけ、冷淡な、ことによるといくぶん無理と戸惑いを隠せぬ、とはいえひどく高尚な言葉を使って以下のような見解を述べた――世に遍く知られている通り、繊細このうえなく堅実このうえない諸前提に依拠する一流、超一流、トップ企業においては、どうにも許容し難い人物というのがあり、それは第一に詩を書く人物、第二に上流階級、最上流階級に属さぬ人間との付き合いがある人物であると。

実際のところ、詩人は、必ずしも染み一つないとはいえぬ輩と付き合うことが時にあった。この点、彼は必ずしも非常に賢明とは言えなかったが、その代わり、少なくとも人間的ではあったのである。

多少の差はあれ、彼が大変に大層に恩恵をこうむっていた企業および商社としては、さらに以下のものが挙げられるだろう。

青く泡立ち流れるアーレ川沿いに位置するビール醸造工場、魅力的な建築物と美しい風景に囲まれた共済もしくは貯蓄もしくは融資銀行、すばらしい働きを示してみせたミシン製造工場、少なからぬ知識を身につけることができた靴下留め縫製工場。

こうして見ると、このつましい、プロレタリア的と言いたくなるような、詩人の生において問題となってくるのは、もろもろの事務室、筆記室での仕事、何度も繰り返された転職、つまりは、まったく日常的で凡庸な出来事であって、そもそもが常に二種類の事柄であるように思われる。挙げてみるなら、事務所仕事と自然風景。職に就くことと放りだすこと。戸外のうららかな自然をうろつくことと斜面机と呼ばれる商用机に座り貼りつき筆記すること。自由と捕囚。無拘束と束縛。困窮、窮乏、倹約と豪快、痛快、愉快な浪費、そして豪奢、奢侈を極めた享楽。辛い、厳しい仕事とのらくら、ぐうたら、いきあたりばったりにごきげんようさようならのぶらぶら暮らし。厳格な義務遂行生活と赤、青、緑に色とりどりの愉快な散歩、散策、放浪生活。

こうした事柄、これに類した事柄が、この詩人が詩を書くための足場となっていた。折々の季節、空想、音楽と愛、都会と田舎、絵画、感情と思考、生、そしていや増してゆく教養が、彼の詩に、健康に伸び育ってゆくための糧を与えてくれたのである。

そんな風に、彼はただ生きていった。

彼がいったいどうなったのか、その後の様子はどのようであったかは、われわれのあずかり知らぬところである。目下のところ、この先の痕跡は発見できていない。いずれ別の機会にうまく見つかるようなこともあるかもしれない。今後何を試みるべきかは、そのうち明らかになるだろう。まずは様子をみることとしたい。何か新しいことが突きとめられるようなことでもあれば、そしてそのことについて、またもや新たなる好意ある関心が、幸いにも十分に寄せられていると考えることが許されるようであれば、そのときには喜んでお伝えすることにしよう。

訳者後書き

本書『詩人の生』は、ローベルト・ヴァルザーが一九一八年に刊行した書物 *Poetenleben* の翻訳である。底本としては、Robert Walser: *Poetenleben.* Sämtliche Werke in Einzelausgaben. Bd. 6. Hrsg. von Jochen Greven. 1. Aufl. Zürich und Frankfurt a. M. 1986. を用い、後書きを書くにあたっては新たな批判版全集 Robert Walser: Kritische Ausgabe sämtlicher Drucke und Manuskripte. Bd. I. 9. *Poetenleben.* Hrsg. von Wolfram Groddeck und Barbara von Reibnitz. Basel 2014. の解説および付録資料、また、近年のヴァルザー研究を網羅した概説書『ローベルト・ヴァルザー・ハンドブック』Robert Walser Handbuch. Leben-Werk-Wirkung. Hrsg. von Lucas Marco Gisi. Stuttgart 2015.、さらにはペーター・ウッツによる作品論、Peter Utz: Robert Walsers *Poetenleben.* In: „andersteils sich in fremden Gegenden umschauend“ – Schweizerische und dänische Annäherungen an Robert Walser. Hrsg. v. Christian Benne und Thomas Gürber. Kopenhagen / München 2007 (= Text und Kontext, Sonderreihe Bd. 54), S. 11-31. を参照した。

この作品をまとめていた一九一七年当時、ヴァルザーはスイスの小都市ビールの「ホテル青十字」の貸し部屋で倹しい生活を送っていた。一九〇五年から七年余り続いた大都市ベルリンでの創作活動は、前半こそ『タンナー兄弟姉妹』（一九〇七年）、『助手』（一九〇八年）、『ヤーコプ・フォン・グンテン』（一九〇九年）と長編小説をたてつづけに刊行するとともに、数多くの散文小品を文芸雑誌に発表していったものの、一九一〇年以降は長編小説を世に送り出せなくなっただけでなく小品発表数も急速に減少し、ついにヴァルザーは、一九一三年三月にはベルリン滞在に見切りをつけて、故郷のビールに帰還するのである。

翌一九一四年に始まった第一次世界大戦は、帰郷したヴァルザーをさらに厳しい状況に追いこんだ。ヴァルザー自身が後年、文筆家カール・ゼーリヒに語ったところでは、それまでの原稿執筆料、文学賞賞金をあわせた数千フランの貯蓄がすべて、戦時インフレのために失われてしまったのである。こうした状況下、ビール時代のヴァルザーは新たな散文小品を執筆するだけでなく、『物語集(Geschichten)』（一九一四年）、『小品集(Kleine Dichtungen)』（一九一四年）、『散文小品集(Prosastücke)』（一九一六年）、『小さな散文(Kleine Prosa)』（一九一七年）と、既出の散文を集めた小品集を次々に編んでは書物として刊行していくことで糊口をしのいでいた。

その中にあって、とりわけ注目すべき書物が、『散歩』（一九一七年）と本書『詩人の生』（一九一八年）の二冊である。上述した小品集のタイトルがいずれも「散文集」であることの他にはほとんど何も意味しないのに対し、この二冊の書名には作品の主題がはっきりと書きにこまれている。『散歩』は初版本でわずか八五頁の中編ながら、この時期のヴァルザー作品においては例外的に一作品で一冊の書物を成している。ここでヴァルザーはいわば「散歩文」＝「散歩を書く散文」において、エピソードの積み重ねから構成される緩やかな作品体の可能性を発見しているのである。(この作品の内容と形式のつながりに関心を寄せられる方は、『ローベルト・ヴァルザー作品集』第四巻、鳥影社、二〇一二年、および拙著『微笑む言葉、舞い落ちる散文』第四章、鳥影社、二〇二〇年を参照していただきたい。）事実、この書物は三四〇〇部が売れ、ヴァルザー生前の刊行物としては最も成功したものの一つとなったのである。

本書『詩人の生』も――『散歩』とは異なるやり方において――やはり短いエピソードの積み重ねと配置から、一つの書物を構成するためにヴァルザーの試みた、新たな形式だったのではないだろうか。一九一七年五月二八日のフーバー社宛の手紙で、ヴァルザーは同書を以下のように叙述している。「タイトルは『詩人の生』で、私のみるところ、これまでの私の本の中でももっとも朗らかな、もっとも詩情に富んだものとなるように思われます。小型の優美な印刷版で二〇〇頁ほどになるでしょうか。物語風に詩人を描き出している文章ばかりを、念入りに選び出しました。そのために全体は一つのロマンチックな物語として読めるものになっています。しっかりとした形式、あたうかぎり快い言葉を実現すべく、すべての作品に新たに手を加えました。」

「物語風に詩人を描き出している」いくつもの文章を「一つのロマンチックな物語として読

めるもの」としたという、この書物における複数性と単一性の戯れは、なによりもその書名に顕著にあらわれている。原題„Poetenleben“は複数形の„Poeten“と„Leben“の複合名詞とも、単数形の„Poet“と„Leben“の複合名詞とも解することができる。『詩人たちの生』とも『詩人の生』とも訳せるということだ。前者の意味合いを強調した場合、本書に登場する主人公たちはてんでばらばらの人物たちということになるが、後者の意味合いを強調した場合、主人公たちにある種の同一性を見てとる読み方が正当化されることになる。(この点、本訳書は後者に近いスタンスを選択していることになる。)この二義性に関わって興味深いのは、兄カール・ヴァルザーの挿絵が添えられた一九一八年の初版本の表紙である。

『詩人の生』初版本の表紙
Poetenleben, Huber & Co.
Frauenfeld und Leipzig 1918
(Robert Walser: Kritische Ausgabe
sämtlicher Drucke und Manuskripte.
Bd. I. 9, S. 214.)

　もし通常そうであるように、書名/von(英語のofに相当する)/著者名が三行に分かれていれば、これは書名『詩人の生』と著者名「ローベルト・ヴァルザー」が記された表紙として何の迷いもなく理解することができるだろう。しかし、見ての通り異例にも二行で表記されていることで、全体は「ローベルト・ヴァルザーの詩人の生」という書名としても読めてしまうのである。（その時、兄カールによるラフなスケッチは、読者の眼差しには弟ローベルトの肖像として映ることになる。）

実際、この書物にはローベルト・ヴァルザー自身が経験した出来事とおぼしき内容が、ほぼ通時的に配列されている。具体的に考えてみよう。例えば、人物名をタイトルとする小品「ヴィトマン（Widmann）」は、ヴァルザーが一八九八年に文筆家ヨーゼフ・ヴィクトール・ヴィトマンを訪問したときの情景を描いたものととれる小品である。確かにヴァルザーの詩人としてのデビューは、ヴィトマンが主幹であった『ブント』紙日曜版（本書二〇頁）であったのだし、一八七八年生まれのヴァルザーはその年、「二〇歳の人間」（本書一九頁）だったのである。

また、ヴァルザーは実際に一九〇一年にベルリンへ向かう途上、「ヴュルツブルク」で作家マックス・ダウテンダイを訪問しているのだが、そのとき彼はまぎれもなく「二三歳」（本書五一頁）だった。一九〇五年の秋から冬にかけては、「とある伯爵の所有する城」（本書一一九頁）とも叙述できよう、シレジアのダンブラウ城で召使いとしての仕事を経験してもいる。その後、ローベルトはすでに舞台芸術家として活躍していた兄カールの紹介で大都市ベルリンの芸術家たち出版社主たちと知り合うのだが、この兄カールが一九〇六年の公演で舞台芸術を担当し大成功を収めたのが、ほかでもない『ホフマン物語』（本書一三一頁）なのである。そして、その後ヴァルザーはすでに述べたように、三作の長編小説を書き上げたのち、「新作長編小説」（本書一三五頁）が書けなくなり、貸し部屋を転々とする生活を送ることになる。加えて本書冒頭の数編が「あれは数年前のこと、と記憶がよみがえる……」（本書五頁）、「今なお記憶しているところでは、わたしは三月のある朝……」（本書一九頁）といった具合に、一人称の語り手の回想の仕草とともに語り出されていることも指摘しておいていいだろう。このように内容からしても書き方からしても、『詩人の生』は作家ローベルト・ヴァルザー自身の回想から構成されていると見なしうる一冊の自伝的書物なのである。

しかしながら、本書にはそれとは逆の力学も働いている。まず何よりもすでに述べたように、個々の小品は単独の散文小品として、別々の時期、別々の雑誌に掲載されていた。少々長くなるが、以下に初出情報を掲載しておこう。

――「徒歩旅行（Wanderung）」一九一六年二月『シュヴァイツァーラント』誌

――「街道での小さな出来事（Kleines Landstraßenerlebnis）」一九一六年六月『シュヴァイツァーラント』誌

――「ある画家からある詩人への手紙（Brief eines Malers an einen Dichter）」一九一五年七月四日『ブント』紙日曜版

――「ヴィトマン（Widmann）」一九一六年二月『シュヴァイツァーラント』誌

――「いばら姫（Dornröschen）」一九一六年三月二五日『ブント』紙日曜版

――「叔母さん（Die Tante）」一九一五年一月二四日『新チューリヒ新聞』（初出時の題名は「徒歩旅行（Wanderung）」）

——「芸術家たち（Die Künstler）」一九一六年一〇月一五日『ブント』紙日曜版
——「ヴュルツブルク（Würzburg）」一九一五年一一月一四日『ブント』紙日曜版
——「インディアンの女（Die Indianerin）」一九一五年三月『ディー・シュヴァイツ』誌
——「遍歴職人（Der Wanderbursche）」一九一五年三月『ディー・シュヴァイツ』誌
——「手紙（Der Brief）」一九一五年二月一四日『新チューリヒ新聞』
——「夏の生（Sommerleben）」一九一五年二月一四日『新チューリヒ新聞』
——「牧師館（Das Pfarrhaus）」一九一五年二月一四日『新チューリヒ新聞』
——「マリー（Marie）」一九一六年四月『シュヴァイツァーラント』誌（初出時の題名は「マリー、ある短編小説（Marie. Eine Novelle.）」）
——「トーボルトの人生から（Aus Tobolds Leben）」一九一五年四月一八日『新チューリヒ新聞』
——「『ホフマン物語』の思い出（Erinnerung an „Hoffmanns Erzählungen"）」一九一六年一月一二日『フォス新聞』
——「新作長編小説（Der neue Roman）」一九一六年三月二三日『新チューリヒ新聞』
——「天才（Das Talent）」一九一五年八月一日『新チューリヒ新聞』
——「ヴィルケ夫人（Frau Wilke）」一九一五年七月一八日『新チューリヒ新聞』
——「部屋小品（Das Zimmerstück）」一九一五年八月『シュヴァイツァーラント』誌

——「ストーブへの演説（Rede an einen Ofen）」一九一五年六月『ディー・ヴァイセ・ブレッター』誌
——「ボタンへの演説（Rede an einen Knopf）」一九一五年八月『ディー・ヴァイセ・ブレッター』誌
——「労働者（Der Arbeiter）」一九一五年八月『ヴィーラント』誌
——「ヘルダーリン（Hölderlin）」一九一五年九月二四日『フォス新聞』
——「詩人の生（Poetenleben）」一九一六年一〇月『ディー・ヴァイセ・ブレッター』誌

このように、各小品の初出は時期も媒体もばらばらであり、もともと一体を成すべきものとして考えられていなかったことは明らかだろう。

さらに興味深いのは、最後に置かれた「ヘルダーリン」と「詩人の生」である。実はこれら二編は――「部屋小品」とともに――すでに個別の散文小品として『ヴァルザー作品集』の第四巻、第五巻に掲載されている。そして本書の訳文は、若干の訳語、句読点の変更を除けば、作品集でのそれとほぼ同一である。にもかかわらず、ヴァルザー自身の手でこの書物の末尾に配置されるとき、この両編には単品として読むときとは異なる、新たな意味が付与されているように思われる。

「ヘルダーリン」では、ヴァルザー自身と重ねることができない固有名を持つ実在の詩人が登場することで、この書物全体をヴァルザーの自伝に還元することは不可能となる。と同時に、市民の部屋の狭くて小さな四囲の壁に押し潰され、精神の闇に沈んでゆく偉大な詩人に対して、その女主人に「偉大さを断念すること、これもまた偉大なことではないでしょうか?」(本書一八二頁)と問わせることで、「詩人」と「生」の和解し難さを知りつつも、若くして狂死するのではなく、卑小な散文小品を書きつつ生き存えるヴァルザー自身の生き方が、おのずと読者の念頭に浮かび上がってきもするのである。さらにその後のヴァルザーの生の軌跡を知る読者は、精神療養施設で過ごすことになる晩年のヴァルザーの姿も想わずにはいられない。研究者ペーター・ウッツはその秀逸な『詩人の生』論において、自分の作家として存在可能性を、遊動状態においてあらかじめ書きこんですらしているこの書物の書法を、「プロジェクト」的な自己虚構という興味深い言葉で論じている。

最後に置かれた「詩人の生」では、それまで感情移入が可能であった一人称の「わたし」が、三人称として、しかも「この詩人」、「議論の対象となっている者」、「論評されている人物」(本書一八三頁以降)といった突き放すような官庁言葉の文体で、観察、調査対象として叙述されている。まるで、通常の伝記的、回想的書物のうっとりしんみりするような結末とはおよそ無縁の、事務机の書類の束に行き着いたかのような、終わり方なのである。「彼がいったいどうなったのか、その後の様子はどのようであったかは、われわれのあずかり知らぬところである。目下のところ、この先の痕跡は発見できていない。いずれ別の機会にうまく見つかるようなこともあるかもしれない。今後何を試みるべきかは、そのうち明らかになるだろう。まずは様子をみることとしたい。何か新しいことが突きとめられるようなことでもあれば、そしてそのことについて、またもや新たなる好意ある関心が、幸いにも十分に寄せられていると考えることが許されるようであれば、そのときには喜んでお伝えすることにしよう。」(本書一九六頁)

出版社には「一つのロマンチックな物語」と言っておきながら、実際に書物『詩人の生』を締めくくるに際してヴァルザーは、あらゆるロマンチックなアウラを吹き払っておこうとしたように思われる。

もう一点、注目すべきは、同時代においてヴァルザーを一躍有名にした、ベルリン時代の長編小説三作『タンナー兄弟姉妹』、『助手』、『ヤーコプ・フォン・グンテン』がこの『詩人の生』では一切、触れられていないことだ。この時代は、「おぞましいこと」(本書一三五頁)、「胸締めつける嘆かわしい状況」(本書一三九頁)といった言葉で触れられるばかりであり、少なくとも外面的には長編小説三作を中心にもっとも成功した時代としては登場することがないのである。

長編小説三作の主人公たちは、職を探し続けるフリーター、破産してゆく事務所の助手、奇妙な召使養成学校の奇矯な生徒であって、決して、作家、詩人、芸術家ではなかった。ヴァルザーは長編小説においては、決して創作を生業とする存在は描かなかったのである。それどころか『タンナー兄弟姉妹』の草稿において主人公ジーモンが「詩」を書きつける場面は、わざわざ改稿の際に削除されてすらいる（『ヴァルザー作品集』第一巻解説、三七九頁参照）。むしろ創作をみずからの召命と信じこんでしまうような「詩人」は真冬の樅の森で雪に埋もれて死んでしまうゼバスチャンとして、また「美を見ること」をこととする「芸術家」は傲岸なる自意識の持ち主カスパールとして、他の人物の属性のうちに追いやりつつ、長編小説『タンナー兄弟姉妹』の主人公ジーモンは、再現、表象、表現とは無縁の場所で、ただただ「生」そのものを生きようとする存在として描き出されていた。

その意味で、本作『詩人の生』は、『ヴァルザー作品集』第一―三巻に所収した長編小説とは表裏の関係にあるものとして読むことができるのかもしれない。ヴァルザーは本書で、徹頭徹尾、創作を生業とする存在を主人公としている。そしてそうした存在における「詩人」と「生」の関係を描こうとしているのである。そして、「詩人」と「生」が容易にはつながり得ない生も、「詩人の生」として引き受ける覚悟を記していったのである。

本書の刊行は、スイスのローレン翻訳センター、正確に訳せば「翻訳者の家ローレン（Übersetzerhaus Looren）」の二〇一九年カール・ホーレンシュタイン翻訳奨励賞（Carl Holenstein-Stipendium）の支援を受けて実現した。これまでも様々な形で訳者の翻訳・研究活動への支援をいただいた同センターおよびこの奨励賞を創設したS・フィッシャー財団（S.

Fischer Stiftung）に心より感謝を捧げたい。

そして最後に、『ヴァルザー作品集』第一巻より、ヴァルザー作品の拙訳をいつも暖かな眼差しで読んでくださった鳥影社の樋口至宏さんに、心より感謝を捧げます。ある作家が執筆言語とは異なる言語圏で広く読まれるようになるということは、決してよくあることでも、容易なことでもないと思う。すでに名訳者飯吉光夫さんのアンソロジーこそあったものの、二〇〇九年の段階で『タンナー兄弟姉妹』の翻訳出版を決断し、さらにはヴァルザー作品集全五巻の刊行に踏み切って下さったことは、今でも私の中で世界に対する深い信頼感が育まれていった忘れがたい経験として深く心に刻まれている。

本書は、昨夏ローザンヌ大学を退職されたペーター・ウッツ名誉教授、そして本書とそれに続くヴァルザー絵画論集『絵画の前で』の刊行を最後に編集の第一線の仕事から退かれる樋口さん、この二人の恩人に心からの感謝をこめて捧げます。

著者紹介

新本史斉（にいもと・ふみなり）

1964 年広島県生まれ。専門はドイツ語圏近・現代文学。翻訳論。

現在、津田塾大学教授。

著書：『微笑む言葉、舞い落ちる散文』（鳥影社、2020 年）

訳書：『ローベルト・ヴァルザー作品集』1 巻、4 巻、5 巻（鳥影社、2010 年、2012 年、2015 年）、イルマ・ラクーザ他編『ヨーロッパは書く』（鳥影社、2008 年、共訳）、ペーター・ウッツ『別の言葉で言えば』（鳥影社、2011 年）、イルマ・ラクーザ『もっと、海を』（鳥影社、2018 年）他。

詩人の生

二〇二一年一月 八日初版第一刷印刷
二〇二一年一月十八日初版第一刷発行

定価（本体一七〇〇円＋税）

著者 ローベルト・ヴァルザー
訳者 新本史斉
発行者 百瀬精一
発行所 鳥影社
長野県諏訪市四賀二二九—一（編集室）
電話 〇二六六—五三—二九〇三
東京都新宿区西新宿三—五—一二—7F
電話 〇三—五九四八—六四七〇
印刷 モリモト印刷

ISBN 978-4-86265-843-2 C0098

好評既刊
（表示価格は税込みです）

微笑む言葉、舞い落ちる散文
――ローベルト・ヴァルザー論
新本史斉
ヴァルザーのもつ意義は何か？　それを長年の読解を通じて、実に多様な方法で浮かびあがらせる。　2420円

もっと、海を
イルマ・ラクーザ
新本史斉訳
国境を越え、言語の境界を移動しつづけるラクーザの文学は、われわれを「もっと先へ」導く。　2640円

絵画の前で　物語と詩
R・ヴァルザー
若林　恵訳
一枚の絵の前でヴァルザーは自在闊達に語る。またドラクロワ、ルノワール等から触発されて詩を生み出す。　1870円

ローベルト・ヴァルザー作品集1〜5
新本史斉
若林　恵　他訳
カフカ、G・ゼーバルト、E・イェリネク、S・ソンタグなど錚々たる人々に愛された作家の全貌。各2860円

スイス文学・芸術論集　小さな国の多様な世界
スイス文学会編
スイスをスイスたらしめているものは何か。文学、芸術、言語、歴史などの総合的な視座から明らかにする。　2090円